警視庁武装捜査班

『警視庁特務武装班』改題

南 英男

祥伝社文庫

目次

警視庁武装捜査班シリーズの主な登場人物

浅倉悠輔（あさくらゆうすけ）……38歳、警部。主任。元捜査一課殺人犯捜査第五係係長。自由が丘（じゆうおか）在住。

立花弘樹（たちばなひろき）……44歳、警視。班長。元捜査一課理事官。都内公務員住宅在住。

宮内和宏（みやうちかずひろ）……35歳、警部。元ＳＰ。三宿（みしゆく）在住。

乾　大地（いぬいだいち）……34歳、警部補。元組織犯罪対策部第五課。代々木上原（よよぎうえはら）在住。

蓮見玲奈（はすみれな）……27歳、巡査長。元鑑識課員。恵比寿（えびす）の実家在住。

若月　彰（わかつきあきら）……55歳、副総監。超法規捜査チーム武装捜査班の直属上司。

橋爪　剛（はしづめつよし）……51歳、刑事部長。

第一章　二人の性犯罪者

1

息を詰める。

手ぶれが熄(や)んだ。ベレッタ92Fが静止する。両手保持だった。

浅倉悠輔(あさくらゆうすけ)は引き金(トリガー)を絞(しぼ)った。

反動(キック)は小さい。手首に痺(しび)れは伝わってこなかった。右横に吐き出された薬莢(やっきょう)が舞う。

放った銃弾は、二十五メートル離れた人形(ひとがた)の標的の頭部に命中した。

浅倉はイヤープロテクターを嵌(は)めている。銃声が鼓膜(こまく)を震わせることはなかった。

品川(しながわ)区勝島(かつしま)にある秘密射撃訓練場だ。かなり広い。かつては倉庫として使われていた建物の地階で、防音壁で囲まれている。

銃声が外に洩(も)れる心配はなかった。それほど離れていない場所に、警視庁第六機動隊の拠点がある。

九月上旬のある日の正午過ぎだ。初秋だが、まだ残暑がつづいている。

浅倉は、数メートルごとに横に置いてあるマン・ターゲットを次々に撃ち抜いた。硝煙がたなびきはじめた。ほどなく弾倉が空になった。

五つの標的には、穴が穿たれている。頭部と胸部だ。

浅倉はアウトローではない。警視庁の捜査員である。ただ、並の刑事ではなかった。本庁に一年前に密かに設けられた武装捜査班の主任だ。

三十八歳で、職階は警部である。まだ結婚はしていない。

警視庁武装捜査班は、副総監直属の超法規捜査チームだ。警視総監・警察庁長官公認だが、あくまでも非合法機関である。表向きは、捜査一課特命捜査対策室別室ということになっていた。

班長を含めてメンバーは五人だ。秘密の刑事部屋は、本部庁舎の地下三階の奥まった場所にある。目立たない場所だ。予備室というプレートが掲げられているだけだった。しかし、ドアは電子ロックになっている。

武装捜査班を束ねているのは立花弘樹警視だ。四十四歳の班長はチームが結成されるまで、捜査一課の理事官を務めていた。一課長の参謀のひとりだった。ちなみに、理事官は二人いる。その下には、十三人の管理官が控えていた。

立花は準キャリアだが、まるで出世欲がない。先輩の警察官僚たちには変わり者と見られているようだ。立花は知的な面立ちで、穏やかな性格だった。実際、部下たちを怒鳴りつけたことは一遍もない。

立花班長は管理官だった五年前に連続殺人事件の犯人が仕掛けた罠に嵌まり、左脚を撃たれてしまった。

殺人鬼は出頭すると騙して、人のいない場所に誘き出した立花にいきなり発砲したのだ。立花は別件で加害者に逆恨みされていた。それが犯行動機だった。

被弾したことで、立花班長はいまでも片脚をわずかに引きずって歩く。神経を何カ所か切断されたせいらしい。

立花は都内の公務員住宅で、妻子と暮らしている。ひとり娘は、まだ中学生だ。班長の出身地は石川県金沢市と聞いている。

浅倉はチーム入りする前、捜査一課殺人犯捜査第五係の係長だった。ノンキャリアだが、所轄署で強行犯係を務め、二十九歳のときに本庁捜査一課に異動になった。殺人犯捜査第三、六係と渡り歩き、四年前に第五係の係長に昇格した。

浅倉は本庁勤めになってから、二十件近く凶悪事件を解決に導いた。およそ九割は殺人事案で、残りは強盗事件だった。

そうした活躍ぶりが高く評価され、武装捜査班の主任に抜擢されたわけだ。現場捜査の指揮官である。

浅倉は大田区馬込で生まれ育った。都内の有名私大を卒業すると、警視庁採用の一般警察官になった。警察官を志望したのは、高校時代に三つ違いの姉が通り魔殺人事件の被害者になったからだ。

通行人を無差別に出刃庖丁で五人も刺し殺した中年男は現場で市民らに取り押さえられたが、心神喪失と精神鑑定されて刑罰は免れた。あまりにも理不尽ではないか。浅倉は憤りに震えた。

たったの二十年で生涯を終えた姉が不憫でならなかった。報復殺人の衝動にも駆られた。眠れない日々がつづいた。

そんな経緯があって、浅倉は刑事を志したのだ。犯罪を憎む気持ちは人一倍強い。といっても、正義漢ぶってはいなかった。他人に文武両道に秀でていると言われているが、決して優等生タイプではない。それどころか、くだけた人間だ。

アナーキーな面さえあった。狡猾な犯罪者には非情に接し、違法捜査も厭わない。極悪人を懲らしめて自分が身を滅ぼすようなことになっても、かまわないとすら思っている。場合によっては、法や道徳に囚われなかった。

おまけに浅倉は酒と女に目がない。アルコールは荒ぶる魂を鎮めてくれる。美女たちの柔肌は、ささくれ立っていた神経を和ませる。

浅倉は魅惑的な女性を見れば、つい口説きたくなる。いっこうに身を固める気がないのは、もっと多くの色恋にうつつを抜かしたいと願っているからだ。

実家の間取りは7LDKだ。二人きりの姉弟だった。浅倉は、いずれ老いた両親と同居するつもりでいる。それまでは、都内の賃貸マンションに住みつづける気だ。いまは、自由が丘の1LDKのマンションを借りている。

背後で、鉄扉の開閉音が響いた。

浅倉は拳銃を台の上に置き、イヤープロテクターを外した。振り返る。部下の宮内和宏警部が笑顔で歩み寄ってきた。

「リーダー、おみごとですね。どの標的も頭か胸を撃ち抜かれています。元SPの自分だって、百発百中ってわけにはいきません」

「マン・ターゲットは、二十五メートルしか離れてないからな」

「それでも、たいしたものですよ」

「上から目線じゃないか」

浅倉は明るく厭味を口にして、H&KモデルP7M8を手に取った。ドイツ製の大口径拳銃だ。すでに八発の九ミリ弾を装塡してある。

「リーダーのお手並を拝見させてもらいましょうか」

宮内がにやついて、腕を組んだ。俳優のようにマスクが整っている。背も高い。

「射撃の名手に見られてると、アガりそうだな」

「そんなに初心ではないでしょ？　女たらしの無頼刑事が似合わないことを言わないでください」

「宮内も少し女遊びをしろって。美人スポーツインストラクター一筋みたいだが、それでいいのか。人生はたった一度きりなんだぞ。男なら、できるだけ多くの花を手折ってみたくなるだろうが？」

「量よりも質ですよ」

「この野郎、のろけてるつもりか」

「つき合ってる彼女にぞっこんなんですよ。来春あたり結婚する予定なんです」

「三十五歳で所帯を持っちまうのか。なんかもったいない気がするな。宮内は生き方が健全なんだね。酒豪だが、煙草は喫わない。趣味もトライアスロンときてる」

「いけませんか？」

「男は少し崩れてるほうが味があるんじゃないか。それにおれたちのチームはＳＡＴやＳＩＴほどじゃないが、危険を伴う任務をこなしてる。宮内が殉職したら、奥さんは子供を抱えて苦労するかもしれないじゃないか」

「そのことについては、よく彼女と話し合いました。それでも、自分と一緒になりたいと言ってくれたんですよ」

「なら、彼女とうまくやってくれ。きょうは、二カ月前に買い入れたUSソーコム・ピストルの射撃訓練だな？」

浅倉は話題を転じた。

USソーコムとは、一九八七年四月に米国国防省に設置された特殊作戦司令部のことだ。陸海空の特殊部隊が一本にまとめられ、USソーコムの指揮下に入った。

USソーコムは一九九一年八月、次世代拳銃の開発をドイツのH&K社とアメリカのコルト社に競争依頼した。両社は改良を重ね、競い合った。

改良競争で勝利したのはH&K社だった。採用されたのが現在のUSソーコム・ピストルだ。四十五口径弾を使用する半自動拳銃で、五十メートル離れた標的も狙えることになった。射程距離が既製拳銃のほぼ倍になったのは、大きな前進だろう。マガジンには十二発入る。

「USソーコムは反動が大きいので、頭部を狙うヘッドシュートが難しいんですよ」

「おれも二、三回試射したが、確かにキックが大きかったな。その分、弾道が逸れやすい」

「ええ、その通りですね」

「何か反動を小さくする方法がありそうだが……」

「それを早く見つけ出したくて、ほぼ一日置きにUSソーコムの射撃訓練に励んでるんです。しかし、まだキックを完全に押さえる方法はわかっていません」

宮内がそう言い、三つあるシューティング・ブースの向こう側に並んだガンロッカーに足を向けた。

ガンロッカーには、コルト・ガバメント、グロック26／32、ベレッタF5、H&KモデルP7M8、スフィンクスAT380、S&W M360J、コルト・アナコンダなどのハンドガンが収めてあった。型は二十種近い。

その隣のスチールロッカーには、レミントンM700、コルトM16A1、UZIサブマシンガンが入っている。電子麻酔拳銃や二連発のデリンジャーも並んでいた。

武装捜査班の五人は、それぞれ秘密射撃訓練場のICカードとガンロッカーの鍵を持っている。出入りは自由だった。

浅倉はイヤープロテクターを耳に当て直し、ドイツ製拳銃のスライドを滑らせた。初弾が薬室に送り込まれる。準備完了だ。

浅倉は深呼吸し、右腕を前に突き出した。

片手撃ちの姿勢を保ったまま、息を止める。すぐに右腕の揺れが止まった。浅倉は一気に引き金を絞った。

放った銃弾は、マン・ターゲットの左肩に埋まった。狙ったのは標的の心臓だった。手許が狂ったのだろう。思わず溜息をつく。

浅倉は、また発砲した。今度は狙い通りに胸部を貫くことができた。

宮内が左隣のシューティング・ブースに入った。USソーコム・ピストルを握っている。次世代拳銃にはレーザー・モジュールが装備されているが、消音器も装着可能だ。

浅倉は射撃訓練を中断し、宮内の動きを目で追いはじめた。

元SPはUSソーコム・ピストルの銃把に両手を掛け、ゆっくりと前に突き出した。腕の中は二等辺三角形になっている。アイソセレス・スタンスと呼ばれている立射の体勢だ。

命中率が高くなるスタンスである。ただし、力んでグリップを握り込むと、かえって弾道が逸れてしまう。

宮内が撃った。硝煙が拡散する。

標的に着弾した。マン・ターゲットの頭部だった。非の打ちどころがない。

浅倉は前に向き直り、三弾目は両手保持の姿勢で発砲した。

硝煙が鼻先を掠める。飛び散った火薬の滓が手の甲に降りかかった。的は外さなかった。横目で、かたわらの部下を見る。

宮内は立射だけではなく、片膝撃ちや寝撃ちも試みた。一発も外すことはなかった。さすが射撃の名手だ。

宮内はSPのころ、大物政治家を襲ったテロリストを三人も瞬時に撃ち倒した。急所を外した理想的な反撃だった。そのエピソードは伝説になっている。

浅倉は先に訓練を終えた。

イヤープロテクターを外す。少し待つと、宮内がUSソーコム・ピストルの銃口を下げた。放った十二発は全弾、標的の頭部に当たっている。

浅倉は口笛を吹いた。

宮内が照れ臭そうに笑い、イヤープロテクターを取った。ちょうどそのとき、出入口の鉄の扉が押し開けられた。

入ってきたのはチームメンバーの乾大地（いぬいだいち）だった。黒ずくめで、色の濃いサングラスをかけている。見るからに柄（がら）が悪い。

「おい、ここは組事務所じゃないぞ」

浅倉は、巨漢の部下をからかった。

「おれ、ヤー公に見えちゃうんすね？」

「そんな身なり（ナリ）してたら、堅気（かたぎ）には見えないだろうが。頭は丸刈りで、肩をそびやかして歩いてるからな」

「長いこと暴力団係（マルボウ）をやってきたっすからね。やくざに軽く見られたら、仕事になんないでしょ？」

乾が言い訳する。浅倉は宮内と顔を見合わせ、ほぼ同時に肩を竦（すく）めた。

　乾は六年前に新宿署犯罪対策課から本庁組織犯罪対策部第四課に異動になり、その後は同第五課で麻薬と銃器の取り締まりに当たっていた。潜入捜査で手柄を立て、チームに引き抜かれた。

　三十四歳の乾は強面で、レスラー並の体軀だ。中・高校生のころは非行を重ねていたらしい。その名残があって、どこか崩れた印象を与える。

　乾は怒ると、目を細める癖があった。それが結構、他者に威圧感を与える。気弱な者はすぐに視線を外すだろう。

　確かに乾は粗野だ。しかし、性格はいい。職階は警部補である。乾も、女好きのほうだろう。目下、彼は服役中の暴力団幹部の内縁の妻と密会しているようだ。実家は横浜にあるのだが、代々木上原の賃貸マンションを塒にしている。

「別室に顔を出したのか?」

　浅倉は乾に訊いた。

「ええ、ちょこっとね。立花班長しかいなかったすよ。三十分ぐらい班長と雑談して、こっちに回ってきたんす」

「そうか」

「前の支援捜査に駆り出されたのは、半月以上も前だったでしょ?」

「そうだったな。おれたちは一般の刑事と違って、オフのときはまったく登庁しなくてもいい。当直もないんで、楽させてもらってるよな」

「そうっすね。けど、さすがに退屈してきたので……」

「射撃の訓練に励む気になったわけだ」

「そうっす。おれ、警察学校時代から射撃術は中級止まりなんすよ。上達の秘訣を宮内さんに教えてもらうかな」

「そうしろ」

浅倉は助言を与えた。乾が宮内を見る。先に口を開いたのは元SPだった。

「視力に問題はないはずだから、肩と腕に力を入れすぎてるんだろう」

「そうなんすかね」

「乾君、その喋(しゃべ)り方、なんとかならないのか。もう二十代じゃないんだから、軽い口調は改めるべきだな」

「おれもそう思ったんで、何度も直そうとしたんすよ。けど、中学生(チューボウ)のときから、こういう喋り方をしてきたんすよね。悪い癖はなかなか直らないっす」

「一応、努力はしたわけだ。なら、仕方ないか。なんだか話を脱線させてしまったが、命中率を高めるコツは力(りき)まないことだよ」

「それだけでいいんすか?」

「そう。もちろん、照準は合わせないと駄目だがな」

「わかりました。少しトレーニングにいそしむっすよ」

乾がいつもの軽い口調で言って、ガンロッカーに歩み寄った。蟹股だった。

浅倉は、シューティング・ブースの背後に置かれた椅子に腰かけた。宮内が横に坐る。

乾がイヤープロテクターとコルト・ガバメントを持って、左端のシューティング・ブースに入った。浅倉は部下を見守った。

ほどなく重い銃声が轟きはじめた。腸に響くような音だった。

乾は一発目を外した。二弾目は、マン・ターゲットに当てた。三発目も命中する。

宮内が乾に助言したのは基本も基本だった。何事も時間が過ぎると、物事の基本を忘れやすい。射撃に限ったことではなかった。捜査の方法も同じだ。張り込みや尾行に馴れると、つい気が緩んでしまう。そして、大事な基本を蔑ろにしがちだった。

「乾君、筋は悪くないですよ」

宮内が呟くように言った。浅倉は相槌を打った。

数分後、またもや秘密射撃場のスチールドアが開けられた。入ってきたのは蓮見玲奈だった。

チームの紅一点だ。二十七歳の玲奈は武装捜査班入りするまで、本庁鑑識課課員だった。聡明な美人である。プロポーションも悪くない。

玲奈はまだ巡査長だが、科学捜査の知識は豊かだった。心強い存在だ。

玲奈は警察官には珍しく、物の考え方がリベラルだった。反権力・反権威の姿勢は崩さない。いかなる場合も是々非々主義を貫く。年下だが、その点では敬服していた。

人権派弁護士の父は、娘が警察官になることに猛反対したそうだ。国家権力に与するような職業に就いてほしくなかったにちがいない。

玲奈は、そういう生き方を選んだわけではないだろう。およそ二十九万七千人の巨大組織を支配しているのは、六百数十人の警察官僚だ。かつて裏金の問題で世間やマスコミに叩かれたが、いまも腐敗した部分がすっかり改まったわけではない。懲戒処分者は毎年、百人以上もいる。懲戒免職者も十人近い。

口に出したことはないが、玲奈は内部から警察社会を少しでも改善したいと考えている気配がうかがえた。浅倉は、そうした青臭い気負いを冷笑する気はなかった。そういう姿勢は大事だろう。

いわゆる一般警察官だけで、軍隊に似た階級社会を打ち砕くことはできない。だからといって、イエスマンに成り下がりたくないと考えている警察官も少なくなかった。その多くは体制派の中にいても、気骨は失っていない。

浅倉はそういう仲間にシンパシーを感じている。玲奈は、おとなしい良家の子女とは違う。長いものに巻かれて平気でいられる人間ではなかった。見所のある部下だった。

独身の若い警察官は、原則として待機寮と呼ばれている寮に入らなければならない。

だが、玲奈はもっともらしい口実を使って恵比寿にある実家で暮らしている。寮生活は何かと窮屈だからだろう。玲奈は科学警察研究所の化学技官と交際中らしいが、浅倉は相手のことはよく知らない。

「勘が当たったわ。きょうあたりメンバーの誰かが射撃訓練してそうな気がしたので、わたし、勝島に来てみたんですよ」

玲奈が浅倉に言って、ガンロッカーに向かった。

彼女が選んだ拳銃は、オーストリア製のグロック26だった。玲奈はフル装弾すると、イヤープロテクターを当てた。ゴーグルも嵌める。玲奈は真ん中のシューティング・ブースに入り、両手保持で撃ちはじめた。

それから間もなく、浅倉の懐で刑事用携帯電話が着信音を発した。手早くポリスモードを摑み出す。発信者は立花班長だった。浅倉は椅子から立ち上がって、急いでシューティング・ブースを出た。階段の昇降口にたたずみ、刑事用携帯電話を耳に当てる。

「お待たせしました。射撃訓練中でしたので……」

「若月副総監からチームに特捜指令が下った。三人の部下に声をかけて、すぐにアジトに来てほしいんだ」

「部下の三人は、おれと一緒にいます。たまたま射撃訓練場で顔を合わせたんですよ」

「それなら、手間が省けたね。支援捜査をする事案については、副総監から直接うかがおう。それでは後ほど！」

立花が電話を切った。浅倉は刑事用携帯電話を耳から離した。

2

乳首が見当たらない。

浅倉は鑑識写真の束に目を近づけた。やはり、被害者は二つの乳頭を切断されている。性器の一部も鋭利な刃物で削ぎ取られていた。

全裸死体の乳房と股間は血塗れだ。

惨たらしい。浅倉は目を背けたくなったが、死体写真を繰りはじめた。

本部庁舎の十一階にある副総監室だ。武装捜査班の五人は、ドア寄りのソファに並んで腰かけていた。十人掛けのソファセットだった。コーヒーテーブルの向こう側には、若月彰副総監と橋爪剛刑事部長が坐っている。

五十一歳の橋爪はキャリアで、刑事部各課を取り仕切っている。エリートだが、気さくな人物だ。

浅倉は三人の部下と一緒に登庁した。いつものように別々に中層用エレベーターに乗り込み、ひとりずつ副総監室に入る。浅倉は部下たちよりも先に入室した。

すると、副総監、刑事部長、立花班長が着席していた。卓上には、橋爪刑事部長が参事官に集めさせた捜査資料のファイルが積み上げられている。参事官は刑事部長の片腕だ。

武装捜査班のメンバーが顔を揃えると、ただちにファイルが配られた。

鑑識写真の束は、表紙とフロントページの間に挟んであった。二十数葉だった。すべてカラーだ。

浅倉は鑑識写真の束をテーブルの上に置くと、事件調書に目を通しはじめた。

猟奇殺人事件が発生したのは、四月七日の夜だ。現場は渋谷区渋谷三丁目の神社の境内である。渋谷署の近くだった。

酔った会社員の中年男性が尿意を覚え、境内に入り込んだ。立ち小便をする前に、地べたに女性の全裸死体が横たわっているのに気づいた。発見者の一一〇番通報によって、所轄の渋谷署の刑事課強行犯係、鑑識課員、本庁機動捜査隊初動班が臨場した。

境内の灌木の間に、被害者の着衣、バッグ、パンプスなどが放置されていた。バッグの中には、殺害された女性の運転免許証が入っていた。それで、身許は判明した。

被害者は小室陽菜、二十五歳だった。中堅商社のＯＬで、自宅は目黒区五本木一丁目にある。東急東横線の祐天寺駅のそばだ。

いったん渋谷署に安置された遺体は翌日、東京都監察医務院で司法解剖された。死因は結束バンドによる頸部圧迫だった。死亡推定時刻は四月七日午後十時から同十一時の間とされた。

被害者の右腕には軽い火傷の痕があり、口許にはクロロホルムの溶液が付着していた。渋谷署に設置された捜査本部は、加害者はまず小室陽菜に高圧電流銃を押し当て、次いで麻酔液を含んだ布で口を塞いで昏睡させたと筋を読んだ。

それから被害者を裸にして、レイプ後に樹脂製の結束バンドで絞殺したのだろう。犯人は大型カッターナイフで被害者の二つの乳首を切り落とし、さらに片方の小陰唇を削いでいる。

どちらの凶器も持ち去ったようで、犯行現場には落ちていなかった。カッターナイフと結束バンドは、いまも見つかっていない。

渋谷署の要請に応じて、本庁捜査一課は殺人犯捜査第四係の十三人を捜査本部に出張らせた。地取りに力を入れたが、聞き込みで手がかりは得られなかった。事件現場で不審者を目撃した者は皆無だった。

被害者が神社の境内に入る姿を見た者もいなかった。悲鳴だけではなく、人が揉み合う物音さえ耳にした者もいない。

被害者に交際中の男性はいなかった。誰かに一方的に好かれて、ストーカー行為を受けていたというようなこともない。金品も奪われていなかった。

猟奇殺人の色合が濃いことで、捜査本部は渋谷区、世田谷区、港区、目黒区に住む性犯罪者をリストアップした。アリバイの曖昧な性犯罪者が四人いた。

そのうちの三人は過去の事案でレイプした後、被害者の性器にサインペン、小石、小枝、棒などを突っ込んで立ち去っている。残りのひとりは自分のベルトで相手の首を絞めながら、性行為に及ぶという性癖があった。

捜査本部は、その四人を徹底的に調べ上げた。しかし、いずれも心証はシロだった。

かつて第一期捜査は一カ月だった。いまは三週間だ。その間に事件が解決しない場合は、所轄署の刑事たちは自分の持ち場に戻る。つまり、捜査本部を離脱するわけだ。

第二期捜査には、本庁の第七係が追加投入された。初動捜査が甘かったのではないか。担当管理官はそう考え、現場の捜査班に地取りと鑑取りをやり直させた。遺留班には、犯人が持ち去った樹脂製の結束バンドと大型カッターナイフの遺棄場所を突きとめさせようとした。だが、徒労に終わった。

第三期からは、本庁殺人犯捜査第三係も駆り出された。総勢四十人で、首都圏で強制性交等（旧・強姦）事件を起こした前科者たちをひとりずつ調べてみた。だが、疑わしい者は捜査線上に浮かんでこなかった。

第四期から第二係、第五係が捜査本部に加わった。それでも捜査はいっこうに捗っていない。

「事件発生から五カ月が経とうとしてるが、まだ犯人の目星はついていない」

若月副総監が誰にともなく言った。最初に応じたのは、橋爪刑事部長だった。

「捜一の威信云々よりも、渋谷署が気の毒になりますね。捜査本部の捜査費は全額、所轄署の負担になりますので」

「そうなんだ。渋谷署の年間予算を大幅に減らさせて迷宮入りになったら、本庁の面目が立たない」

「おっしゃる通りです」

「もっと早くに武装捜査班に支援要請すべきだったのかもしれないな」

「ええ、そうですね。立花班は、これまでの担当事案にすべて片をつけてきましたから。わたしの判断ミスでした」

「別に刑事部長が悪いわけじゃない。五期でも落着させられないほどの難事件なんだろう」

若月が橋爪を慰め、立花に声をかけた。

「アジトで捜査資料をじっくり読み込んで、できるだけ早くバックアップしてくれないか」

「わかりました」

「例によって刑事部長と直属の別働隊に協力してもらうから、早期解決をめざしてほしいね」

「ベストを尽くします」

立花が副総監に言って、部下たちに目配せした。

浅倉たちは捜査資料のファイルを抱え、相前後して腰を浮かせた。若月と橋爪に一礼して、副総監室を出る。五人はいつものように意図的に間を取りながら、エレベーターの函に乗り込んだ。全員が地下三階のアジトに落ち着いたのは十五、六分後だった。

秘密刑事部屋は四十畳ほどの広さで、五卓の事務机が据えられている。その横には、六人掛けのソファセットが置いてあった。ソファはモケット張りだった。

壁際には、スチールのキャビネットとロッカーが連なっている。殺風景な刑事部屋だが、特に不便なことはなかった。

「改めて鑑識写真を眺めてから、関係調書を読み込んでくれないか」

立花が四人の部下に指示し、自席に着いた。

浅倉、宮内、乾の三人は自分の机に向かった。蓮見玲奈はワゴンに歩み寄り、五人分の緑茶を淹れた。それから彼女は着席し、捜査資料を読みはじめた。

浅倉はセブンスターを喫いながら、事件調書の文字を目で追った。

すでに副総監室で捜査資料に目を通していたが、何か見落としているかもしれない。一字一句を丹念に読む。

事件当夜の被害者の足取りは明らかになっている。犯行現場の近くにある個室居酒屋で職場の同僚たち四人と午後九時五十五分ごろまで飲食し、一足先に店を出た。

その後、小室陽菜は渋谷駅に向かった。それは、大通りに設置された複数の防犯カメラの映像解析で裏付けられている。だが、問題の神社のある通りに逸れた瞬間はカメラに捉えられていない。

事件現場は渋谷署近くだが、夜間はあまり人通りがない地域だ。若い女性が進んで暗い通りに入ったとは考えにくい。

惨殺された陽菜は駅に向かっている途中、面識のある男に声をかけられたのではないだろうか。相手は信頼している人物だった。そんなことで、導かれるままに神社の境内に足を踏み入れてしまったのではないか。

陽菜は警戒心を覚える前にスタンガンの電極を右腕に押し当てられ、高電圧を体に流されたのだろう。うずくまったとき、麻酔溶液を染み込ませたタオルで口許を塞がれたにちがいない。そして身を穢され、残忍な殺され方をしたと思われる。

これまでの調べによると、被害者は誰にも好かれる人柄で他者に恨まれたり、妬まれたりはしていなかったようだ。恋愛関係の縺れもなかった。性的異常者の餌食になったと判断すべきだろう。

浅倉は、捜査本部がマークした性犯罪者たちの調書も入念に読んだ。今事案の加害者の血液型はO型とわかっている。

血液型が一致する捜査対象者は三人いた。揃って強姦（現・強制性交等）罪で服役していたが、DNAまで合致する者はいなかった。ただ、三人のうち二人はアリバイが立証されていない。

だが、小室陽菜を辱めて殺した犯人とはDNAが異なるということで嫌疑が消えた。DNA鑑定が科学捜査で威力を発揮するようになったが、まだ完璧とは言えない。分析の確率が百パーセントではないことは事実だ。入力ミスによる誤鑑定も一例や二例ではなかった。

浅倉は、アリバイが裏付けられていない二人の性犯罪者をチームで調べ直してみる必要があるのではないかと思った。短くなった煙草の火を揉み消したとき、立花班長が浅倉に話しかけてきた。

「捜査資料を読んで、きみはどう筋を読んだのかな？」

「被害者の小室陽菜は誰にでも好かれるタイプだったのでしょう。それから、男性関係にも問題はなかったようですね」

「となると、性的異常者に狙われて命を奪われたんだろう」

「その疑いはあると思います。事件の加害者と血液型が同じ捜査対象者の中に二人、アリバイが立証されていない者がいますでしょ？」

「そうだな。ひとりは三雲篤志、四十一歳。十代のころから性犯罪で検挙られ、八年前にアパートに忍び込んで女子大生をレイプしてる」

「ええ。もうひとりは、笹川隆という名の三十三歳の自動車修理工です。笹川は二十代の人妻をスーパーの駐車場で拉致して、雑木林の中で犯しました」

「そうだね。どちらも五年前後服役してる。別に先入観を持ってるわけではないが、レイプ犯の累犯率が高いことは統計ではっきりしてる？」

「ええ」

「おれは、笹川が犯人かもしれないと直感したっすよ」

乾が口を挟んだ。浅倉は部下の顔を見た。

「そう睨んだ根拠は？」

「三雲ってレイプ野郎は女子大生の部屋に忍び込んで、刃物をちらつかせてナニしたんすよね」

「そう記述されてたな」

「笹川って奴は、おそらく青姦が好きなんでしょう。野外で女を姦ると、異常に興奮するんじゃないっすか。小室陽菜は神社の境内で犯されて絞殺されました」

「そういう共通点はあるが、それだけで笹川が怪しいと思うのは早計じゃないか」

「ほかにも似た点があるんすよ。笹川って野郎は人妻のヒップを何カ所も強く嚙んで、ライターの炎で陰毛をちりちりに焼いてるでしょ？」

「そうだったかな」

「今回の事件（ヤマ）の加害者みたいにカッターナイフで乳首や性器の一部を削いだりはしてないっすけどね」

「男だけのチームじゃないんだ。乾、もう少しソフトな表現をしろよ。蓮見が困惑顔になったぞ」

「小娘（こむすめ）じゃないんだから、顔を赤らめたりしませんよ」

　玲奈が平然と言った。浅倉は微苦笑した。

「リーダー、話をつづけてもいいっすか？」

「ああ」

「笹川はサディストっぽいとこがあるんだと思うっすよ。捜査本部（チョウバ）がマークした性犯罪者の中では、笹川が最も臭いな」

「確かに笹川って奴には加虐趣味があるんだろう。しかし、本件の被害者（マルガイ）のケースのように乳房や性器までは傷つけてないぞ」

「そうっすけどね」

「小室陽菜を殺した奴は、もっと性的に異常なんではないですか」

　元ＳＰが小声で言った。浅倉はすぐに応じた。

「確かに猟奇色が濃いな」

「笹川も被害者の体に悪さをしていますが、異常の度合が違います」

「そうだな」

「きみは、どう筋を読んでる？」

立花班長が玲奈に意見を求めた。

「この事案の加害者は、真の性的異常者だったんでしょうか」

「どういうことなのかな？」

「小室陽菜は乳首と陰部の一部を切り落とされていますけど、裸身には犯人の唾液、汗、体液は付着していませんでした。体内には精液が残留していましたけどね」

「そうだな。犯人が被害女性の体を撫で回し、口唇も滑らせてないことが妙だね」

「そうなんですよ」

「異常に興奮しちゃったんで、そうする余裕がなかったんじゃないの？　で、反り返ったペニスをいきなり突っ込んじゃった」

乾が話に割り込んだ。大声だった。

「表現がストレートすぎるわ」

玲奈がわずかに眉根を寄せた。乾が頭を掻く。

「蓮見、いいところに気づいてくれた。検視関係の調書と司法解剖所見の写しを流し読みしたわけじゃないんだが、そのことには気づかなかったよ」

浅倉は言った。立花班長、宮内、乾の三人が次々にうなずく。

「わたし、リーダーたちに恥をかかせるつもりはなかったんですよ。ごめんなさい。余計なことを言ってしまって」

「蓮見が気づいてくれてよかったよ。ありがとう！」

「そ、そんな……」

「小室陽菜を殺した犯人(ホシ)は性的にはノーマルなのに、歪(ゆが)んでるように見せかけようとしたのかもしれないぞ」

「それ、考えられますね」

「二人とも考えすぎじゃないんっすか。犯人は被害者(マルガイ)が意識を取り戻す前に、とにかく早く目的を遂(と)げたかったんでしょう。だから、キスはしなかったし、おっぱいも揉まずに急いで体を繋(つな)いだんだと思うっすよ」

乾が浅倉を見ながら、異論を唱(とな)えた。

「おまえがさっき言ったように加害者が異常なまでに昂(たか)まってたとしたら、唇や乳首を吸いつけたくなるだろうが？」

「そう言われちゃうと、自信が揺らぐな。本能的にそうしそうっすね。宮内さん、どう思うっすか？」

「前戯(ぜんぎ)めいたことをまったくしないで、いきなり結合したとは考えにくいな」

「やっぱり、そう思うっすか。となると、犯人は猟奇殺人に見せかけたかったんすかね。偽装工作で、乳首と性器の一部を……」

「乾君、そのあたりは省略しろよ。チームに独身女性がいるんだからさ」

「おっと、そうっすね。蓮見をあまり困らせるのは気の毒だから、気をつけるっすよ」

「そうしたほうがいいな」

宮内が言葉を切って、浅倉に話しかけてきた。

「リーダーの推測にケチをつけるつもりはないんですが、かつて強姦罪で逮捕(パク)られた男が足がつくことを警戒して、キスをしなかったんじゃないんですかね。同じ理由で、柔肌だけを愛撫した」

「そうだったとしたら、犯人はスキンを使ったんじゃないか。体液から加害者をすぐ割り出されてしまうからな」

「ええ、そうですね。しかし、何らかの理由で避妊具を装着することができなかったんでしょう」

「どんなことが考えられる?」

「被害者が意識を取り戻しそうになったんで、慌(あわ)てて体を繋いでしまったのかもしれません。あるいは、用意してあったスキンをどこかに落としたんではないのかな」

「後者だったら、レイプを諦(あきら)めて犯行現場から立ち去るんじゃないか。服役の辛(つら)さはよくわかってるだろうからな」

「そうか、そうでしょうね」

「犯人は性衝動（リビドー）を抑（おさ）えきれなくなって、衝動的に性行為に及んでしまったんじゃないのかしら？　異常なほど性的に興奮してたら、男性の場合は待ったが利（き）かないんでしょうからね」

　玲奈が浅倉に言った。

「そういうことも考えられるだろうな」

「犯人が猟奇殺人に見せかけようと企（たくら）んだ気配はうかがえますけど、血液型が同じでアリバイがはっきりしない笹川隆を調べ直してみてもいいんじゃないですか？」

「笹川だけではなく、八年前に女子大生のアパートの部屋に侵入してレイプ事件を起こした三雲篤志も洗ってみるか」

「浅倉君、そうしてみてくれないか。捜査は無駄の積み重ねなんだ」

　立花班長が言った。

「ええ、そうですね」

「少しぐらい遠回りすることになっても、後で悔やむよりはましだよ」

「わかりました。四人で事件現場を踏んでから、二手に分かれて三雲篤志と笹川隆を調べてみます」

「そうしてくれ。二人の詳しい個人情報と顔写真(ガンクビ)は、きみにメールするよ」

「わかりました」

浅倉は部下たちに目配せして、すっくと椅子から立ち上がった。

3

思っていたよりも狭い。

境内も広くはなかった。小室陽菜が殺害された事件現場の神社だ。

浅倉は三人の部下と一緒に現場にやってきた。最初に事件現場に臨(のぞ)むことがチームの習わしになっていた。渋谷の現場に到着したのは午後三時過ぎだった。

陽菜が殺されたのは五カ月も前である。言うまでもなく、犯人の遺留品を見つけにきたわけではない。事件の痕跡は当然、消えている。

事件現場を臨むと、いつも被害者の無念な思いが伝わってくる。それが支援捜査の原動力になった。

「被害者(マルガイ)が発見されたのは、社(やしろ)のほぼ真裏だったな」

浅倉は部下たちに言って、真っ先に本殿の裏手に回った。

神社の三方はビルに囲まれている。犯行時刻は午後十時過ぎだった。隣接しているビルで残業していた勤め人がいたとしても、神社に目を向ける者はいなかっただろう。仮に境内に目をやった者がいたとしても、何も見えなかったにちがいない。

浅倉は屈み込んで、地表の朽葉を払った。ところどころ地面はへこんでいるが、くっきりとした靴痕は見られない。

捜査本部の資料によれば、仰向けに倒れた小室陽菜の周囲から複数の足跡が採取された。しかし、容疑者のものと思われる靴痕は特定できなかった。

凶器はもちろん、クロロホルムの染み込んだ布も見つからなかった。現場検証で得られた手がかりは、被害者の股の間の地面が一カ所深くへこんでいたことだ。

どうやら加害者は片膝を地べたに落として、鋭利な刃物で被害者の乳房と性器を傷つけたらしい。浅倉は捜査資料を最初に読んだときから、ずっと素朴な疑問を懐きつづけていた。

レイプ殺人犯は正常位か、後背位で陽菜を犯したと推察できる。どちらの体位を選んだとしても、地べたに両膝を密着させたのだろう。それなのに、片膝の痕しか遺っていなかった。なぜなのか。犯人は、アクロバティックな体位で体を繋いだのだろうか。だとしたら、そのままの姿勢では抽送は難しい気がする。

「リーダー、遺留品を探してるんですか？」

宮内が訊いた。

「そうじゃないんだ。犯人は被害者を辱めるときに両膝を地面に落としたはずなんだが、鑑識写真には片方の膝の痕しかなかったんだよ」

「自分、捜査資料には二回ほど目を通しましたが、そのことには気づきませんでした。殺人犯捜査を担ってきたリーダーは、目のつけ所が違いますね。言われてみれば、確かにそうだな」

「変だろ？」

「リーダー、ちょっと待ってください。犯人は、意識を失ってる被害者を両腕で引き起こしたのではありませんか。そのとき、片方の膝だけ地面に落とした。そうなのかもしれませんよ」

「怪力の持ち主でも、そんな恰好ではセックスはできないんじゃないか。被害者のヒップを両手で抱え込んだままでは、うまく腰を動かせないからな」

「なるほど、そうでしょうね。被害者はぐったりしてたわけだから、上にのしかかったんだろうな。そうなら、地べたに犯人の両膝の痕が刻まれてるはずですね」

「と思うよ。小室陽菜を俯せにさせてバックから性器を挿入したとしても、同じように膝頭の痕が地面に彫り込まれてるだろう」

「ですよね。片方の膝にはあまり力を入れなかったとしても、地面が少しはへこんでるでしょう」

浅倉は口を結んだ。その直後、乾が近づいてきた。

「三方のビルの窓はたくさんあるっすけど、犯行は夜だったから、犯人の姿を見た者はいなかったんでしょう。浅倉さん、何か遺留品が見つかったんすか？」

「リーダーは地べたの窪みを見てたんだよ」

元ＳＰが乾に詳しい話をした。

「片膝の痕しか認められなかったのは、確かにおかしいっすね。いったいどんな恰好でナニしたんすかね」

「乾君、どんな体位なら、片膝立ちでセックス可能だと思う？」

「やってできないこともないと思うっすけど、わざわざ面倒な体位でナニしないでしょ？加害者は小室陽菜とキスもしてないし、乳首も吸いつけてないんす。いきなり結合して、早く済ませたにちがいないっすよ」

「そうだろうな」

「としたら、片方の膝頭の部分しか土がへこんでなかったのは妙っすね。リーダー、その謎が解ければ、容疑者の顔が透けてくるんじゃないっすか？」

「そうだと思うよ」

浅倉は答えて、ゆっくりと立ち上がった。それから間もなく、玲奈が本殿を回り込んできた。

「蓮見、何をしてたんだ？」

浅倉は問いかけた。

「黙って別行動をとってしまって、すみませんでした。社務所の前に宮司さんの姿が見えたので、ちょっと話を……」

「そうだったのか。捜査資料によると、宮司は妻子と近くのマンションに住んでて、夕方五時前後に帰宅してるということだったな」

「ええ、そうなんだそうです。事件のあった日も、宮司さんはいつものように夕方五時ごろに自宅に戻ったらしいんですよ」

「調書通りだな」

「ええ。ですので、宮司さんは事件のことは何も知らないということでした。禍々しいことで神聖な場所を穢されたことには立腹されていましたが、被害に遭ったＯＬには深く同情してましたよ」

「そうか」

「真夏の夜に境内でいちゃつく若いカップルはいたそうですが、刑事事件の現場になったことは初めてだと嘆いていました。近くに渋谷署があるので、治安の面では安心しきってたそうです」

「だろうな」

「犯人は警察に挑戦する気持ちがあって、渋谷署のすぐ近くで猟奇殺人をやったんですかね？」

宮内が会話に加わった。

「それはないと思うが、八年前に女子大生の部屋に侵入して強制性交に及んだ三雲篤志は渋谷署管内で犯行（ヤマ）を踏んだんだっけな」

「ええ、そうです。関係調書によると、素直に全面自供したんで、四年そこそこで仮出所できると踏んでたようですね」

「実際に仮出所になったのは、服役して丸五年後だったんじゃなかったか？」

「そうです。三雲がそのことで警察を逆恨み（さかうら）して、またレイプ事件を引き起こした疑いはゼロじゃないでしょ？」

「そうなんだろうか。刑務所暮らしは楽じゃない。雑居房では服役者の序列がはっきりしてるんで、暴力団関係者以外は辛い目に遭（あ）う。それでも身寄りのない高齢者はシャバに出ても稼ぐ当てもないので、故意に窃盗（せっとう）や無銭飲食を繰り返して刑務所（ムショ）に逆戻りするケースが多い」

「労役は義務づけられていますが、一日三度の飯は喰（く）わせてもらえますからね」

「そうなんだけど、五十前の服役者は二度と塀（へい）の中に戻りたいと思ってないはずっすよ」

乾が宮内に言った。

「シャバに出ても血縁者に疎まれ、仕事にありつけなかったら、逆戻りしてもいいと思う奴も出てくるんじゃないのか」

「そんな男は、めったにいないと思うな。雑居房の中にゲイのやくざがいたら、それこそ最悪っす。夜中にペニスをくわえさせられ、そのうち尻を抜かれることになる」

「乾君、横に女性刑事がいることを忘れないようにな。ソフトな表現をしないと……」

「いいんじゃないっすか。もう蓮見は大人の女性なんすから」

「けど、まだ二十代ですよ。あんまり露骨なワードを遣われると、ちょっと困るわ」

玲奈が苦く笑った。

「蓮見、わかったよ。なるべく上品な言い方をしよう」

「そう言いながら、乾さんはすぐ忘れちゃうんだから」

「えへへ。笑ってごまかそう」

「同性にしか興味のない筋者と同じ房にならなくても、高齢の犯罪者以外は刑務所には戻りたくないと思いますよ」

「蓮見は、三雲篤志が警察を挑発して事件を引き起こしたとは考えにくいと……」

「ま、そうですね。それでも念のため、三雲と人妻を雑木林に連れ込んでレイプした笹川隆の二人は調べ直してみる必要があると思います」

「そうだな。本事案の加害者とＤＮＡこそ違うが、血液型は一緒だ。それから、どちらもアリバイが立証されていない」

「ええ」

「宮内は蓮見とペアになって、三雲篤志を洗い直してくれ。おれは乾とコンビを組んで、笹川隆を調べてみる」

「了解です」

宮内が短く応じた。メンバーはちょくちょく相棒を替えながら、張り込みや尾行に当たっていた。

「行こう」

浅倉は部下たちを促し、社の前に回った。参道をたどり、車道に出る。

神社の近くには、黒いスカイラインと灰色のエルグランドが駐めてある。どちらもチームの覆面パトカーだ。

「何かわかったら、リーダーに報告します」

玲奈が浅倉に言って、エルグランドに駆け寄った。ドライバー役が特に決まっているわけではなかったが、職階の低いほうがハンドルを握ることが多い。

「エンジンをかけておくっす」

巨漢刑事がスカイラインに向かって走りだした。浅倉は大股で歩き、黒色の捜査車輛の助手席に乗り込んだ。乾はエンジンを始動させ、シートベルトを掛けていた。

浅倉はドア・ポケットから、タブレット端末を引き抜いた。

事件現場に向かっている途中、立花班長からメールが送信されてきた。笹川の顔写真だけではなく、個人情報も添えてあった。

笹川は、中野区上高田(かみたかだ)三丁目にある自動車修理工場で働いている。工場の主(あるじ)は実兄が保護司を務めていることから、前科歴のある者を三人も雇っていた。

「『長峰(ながみね)モータース』に向かうっすね」

乾が言って、スカイラインを発進させた。

「この時間帯なら、笹川はまだ職場にいるだろう」

「だと思うっすよ。仕事を休んでたら、沼袋(ぬまぶくろ)にある家(ヤサ)に行ってみましょう。アパート名は『沼袋ハイム』でしたっけ？」

「そうだ。笹川の部屋は一〇五号室らしいから、一階の奥の部屋なんじゃないか」

「でしょうね。三人も犯歴のある男を雇った経営者の長峰靖生(やすお)は、なかなかの人物っすね。兄貴が保護司をやってるからって、前科者を雇ったら、リスキーでしょ？」

「そうだな。傷害で検挙(アゲ)られた連中に更生のチャンスを与える経営者はほかにも何人もいるが、性犯罪者を受け入れるのは勇気と覚悟がいるはずだ」

「そうっすよね。また笹川が強姦をやらかすかもしれないわけっすから。薬物にハマった奴らと同じく、性犯罪者の累犯率も高いんで」

「ああ、そうだな。精神が歪んだ男には、レイプはスリリングなんだろう。異常なほど興奮するんじゃないか。もちろん、まともな男は女を力ずくで犯したりしないがな」

「ですね」

「アメリカの有名な犯罪心理学者は、健全な男でもレイプしたいという潜在的な欲望はあると言い切ってる。レイプを夢想しても、実行はしないのが正常者だとも書いてたな。それから、レイプ願望が強い男は何らかのコンプレックスを抱えてるケースが多いとも記述してたよ」

「笹川は特に醜男じゃないけど、猜疑心の強そうな目つきをしてるっすよね」

乾がハンドルを捌きながら、そう言った。

「言われてみると、そうだな。生い立ちは明るいとは言えないだろう。笹川が五歳のとき、両親は離婚してる。母親は元夫から子供の養育費も貰えなかったんで、昼間はパン工場で働き、夜の仕事もこなしてた」

「おふくろさんはそんな生活に疲れ果て、笹川を置き去りにして蒸発しちゃったんすよね。そのあたりのことは調書に載ってました。笹川は親に棄てられたわけっすよね？」

「育児放棄されたんだろう。母親が消えたのは小四のときだった。笹川は児童福祉施設で工業高校を卒業するまで面倒を見てもらって、その後はずっと寮のある工場やパチンコ屋で働いてた。しかし、単調な作業が退屈だったので飽きてしまう。で、数カ月から半年で職を転々としてた」

「将来になんの光も見えないんで、笹川は性犯罪で憂さを晴らすようになったんじゃないっすか。ヤー公になった奴の大半が家庭環境はよくないんすよね。家族の愛情を知らないと、人の道を外してしまうんだろうな」

「おまえが十代のころにグレたのは、どうしてなんだ？」

「いまはおふくろの尻の下に敷かれてますが、若い時分の親父は浮気を繰り返してたんすよ。そんなことで、毎日のように派手な夫婦喧嘩をしてたんっす」

「家にいても楽しくないんで、夜遊びをするようになったのか？」

「そうっす。お定まりのコースをたどってるうちに、いっぱしの非行少年になってたんすよ。高二の秋、親父が心筋梗塞で倒れたんす。一命を取り留めた親父は、おふくろに信じられないぐらい優しく接するようになりました」

「それで、夫婦円満になったわけか。おまえの女好きは父親譲りだったか」

「だと思うな。リーダーはどうなんすか？」

「おれの親父は堅物だよ。しかし、父方の祖父が金と女に貪欲だったな。事業を手広くやって、儲けた金で何人も愛人を囲ってた」

「それじゃ、お祖父さん譲りの女狂いなんすね」

「おれは、そこまで狂ってないよ。平均的な男よりは女好きだとは思うがな」

浅倉は雑談を切り上げた。乾が運転に専念する。

目的の自動車修理工場に着いたのは、およそ三十分後だった。

乾が『長峰モータース』の数十メートル先の路肩に車を寄せた。浅倉は先に助手席から降りた。乾が運転席を離れる。

二人は少し引き返し、笹川の職場を訪れた。工場は道路に面していて、間口がだいぶ広い。五台の車が修理中だった。

浅倉は従業員たちの顔を順に見た。工場の中に笹川はいなかった。

工場の一隅に事務室がある。左手だ。浅倉たちは事務室に向かった。五十三、四歳の男が応接ソファに腰かけ、書類に目を通していた。五分刈りで、色が黒い。

それが工場主の長峰靖生だった。浅倉たちコンビはＦＢＩ型の警察手帳を呈示し、それぞれ姓だけを名乗った。

「おたくら、捜査一課強行犯係？」

長峰が浅倉に確かめた。

「いいえ、違います。二人とも特命捜査対策室別室の者なんですよ。四月七日に渋谷で発生したレイプ殺人事件の捜査があまり進展していないので、われわれはバックアップ要員として……」

「そう。とりあえず、掛けてよ」

「はい」

浅倉は長椅子に乾と並んで腰を沈めた。

「まだ笹川は疑われてるようだな。あいつはかつて性犯罪で捕まって、実刑判決を下された。しかし、仮出所後はここで真面目に働いてますよ」

「そうですか」

「小室陽菜をレイプして殺害したと思われる容疑者と血液型が同じで、性犯罪の前科があるからって、いつまでも笹川を怪しむのは問題だな。それに、捜査本部の刑事さんはDNAが異なると言ってた。いまさら、どうして笹川を疑うんです?」

長峰が浅倉の顔を見据えた。

「DNA鑑定で、笹川さんの科学捜査は大きく前進しました。しかし、パーフェクトではありません。それに、笹川さんのアリバイは立証されていないんですよ」

「それは……」

「初動の聞き込みで、笹川さんは事件当夜、沼袋の自宅アパートで九時から午前零時近くまで自室でヘッドフォンをつけてCDをずっと聴いてたと答えていますが、アパートの入居者三人が一〇五号室に電灯は点いてなかったと口を揃えているんですよ」

「笹川は部屋を真っ暗にして、いろんな洋楽を聴くのが好きだと言ってた。その晩も、そうだったんでしょ？」

「かもしれませんが、約三時間、トイレの水洗の音はしなかったし、シンクの水道を使ってる様子もなかったそうです。隣の一〇四号室と二階の二〇五号室の入居者が同じ証言をしているんですよ」

浅倉は言った。捜査資料から得た情報だった。

「そのぐらいの時間なら、小便をしなかったとしても不思議じゃないでしょ？　喉も渇いてなかったんだろうな。笹川にレイプの前科があるからって、色眼鏡で見るのはよくないな。偏見ですよ。彼は立ち直ったんです。刑に服して、真人間になったんだ。笹川を信じてやってくれませんか。この通りです」

長峰がコーヒーテーブルの端に両手を掛け、深く頭を下げた。

乾が浅倉をちらりと見てから、早口で長峰に声をかけた。

「頭を上げてほしいな。おれたち、笹川さんを容疑者と断定したわけじゃないんすよ。アリバイの裏付けが取れてないんで、ちょっと調べ直してるだけなんす」

「しかし、不審な点があるから、またマークしてるわけでしょ？」

「それより、笹川さんの姿が見えないっすけど……」

「きょうは欠勤してるんですよ。昨夜、居酒屋で喰った赤貝で食中りを起こしたとかで、下痢が止まらないらしいんだ」

「ベッドでぐったりしてるでしょうから、きょうは笹川のアパートに行かないでやってくれないか」

「わかりました。どうもお邪魔しました」

浅倉は長峰に言って、乾の肩を軽く叩いた。二人はほとんど同時に立ち上がり、そのまま辞去した。

表に出ると、浅倉は小声で乾に耳打ちした。

「『沼袋ハイム』に行くぞ。おまえは一〇五号室のインターフォンを鳴らし、刑事であることを明かしてくれ」

「了解っす」

「おれはベランダの近くに身を潜める。笹川に疚しさがあったら、おそらく居留守を使ってベランダから逃走を図るだろう」

「それ、考えられるっすね」

二人はスカイラインに急いで乗り込んだ。乾がせっかちに車を走らせはじめる。

笹川の自宅アパートを探し当てたのは二十数分後だった。アパートの敷地に入ると、浅倉たちは二手に分かれた。乾が一〇五号室に向かう。それを目で確かめてから、浅倉は中腰で裏庭を進んだ。

一〇五号室のベランダの物陰に隠れ、じっと息を殺す。笹川の室内でインターフォンが響きはじめた。

部屋の主はベッドから離れたようだが、玄関に向かう気配は伝わってこなかった。巨漢刑事は執拗にインターフォンを鳴らしつづけている。

六、七分が経過したころ、一〇五号室のサッシ戸が静かに半分ほど開けられた。ベランダに現われたのは笹川隆だった。両手にスニーカーを片方ずつ持っている。逃走する気なのだろう。

勘は当たった。

浅倉は、ほくそ笑んだ。スニーカーを履き終えた笹川がベランダの手摺を乗り越え、裏庭に飛び降りた。勢い余って前のめりに倒れる。笹川が呻いた。

浅倉は躍り出て、笹川の腰を膝頭で押さえつけた。

「警察だ。なぜ、こっそり逃げる？　そっちが四月七日の晩、小室陽菜をレイプして絞殺したのかっ。どうなんだ？」

「警察は、まだ疑ってるのか⁉　おれは、その事件には絡んでないよ。嘘じゃないって」

「そっちのアリバイは立証されてない。事件当夜、部屋を真っ暗にしてヘッドフォンで九時ごろから午前零時近くまで洋楽を聴いてたって？」

「そう、そうだよ」

「もっともらしい作り話を考えたな。おれは、そう睨んでる。図星だろ？　だから、逃げ出す気になったんじゃないのかっ」

「違う。そうじゃない、違うんだよ。おれは強姦（現・強制性交等）も殺人もやっちゃいない。けどさ……」

「けど、なんだ？　答えなきゃ、とりあえず公務執行妨害容疑で手錠打つことになるぞ」

「連行しないでくれーっ。その晩、おれは多摩市に出かけて……」

　笹川が、ふたたび口ごもった。

「ちゃんと言え！」

「わかったよ。ひとりで歩いてる女に声をかけつづけてたんだよ。スケベな女なら、ホテルに従いてくるかもしれないと思ったんでさ。でも、どの女も走って逃げていった」

「いまの話は嘘じゃないな？」

「本当に本当だよ。多摩センター駅の周辺でナンパしつづけてたから、どこかの防犯カメラにおれの姿が映ってるだろう。その映像を分析してくれないか。おれはレイプの前科があるから、怪しまれたくなかっただけなんだ」

「で、アリバイを偽証したわけか」

「そう。嘘をついて悪かったよ。謝るから、連行しないでくれないか」

「世話を焼かせやがる」

浅倉は立ち上がった。その直後、乾が裏庭に駆け込んできた。

「そいつはクロっすか？　笹川が小室陽菜を殺(や)ったんすかね」

「いや、心証はシロだな。事件当夜、多摩センター駅周辺でナンパしてたらしい。班長に連絡して、別働隊に笹川の供述の裏付(ウラ)けを取ってもらおう」

浅倉は上着の内ポケットに手を突っ込み、刑事用携帯電話(ポリスモード)を摑み出した。

4

老朽化が目立つ。

外壁のモルタルは、ところどころ剝(は)がれ落ちている。築四十年は経(た)っていそうだ。

浅倉は、エルグランドのフロントガラス越しに三雲篤志の住むアパートに視線を注いでいた。アパートは北区赤羽(きたあかばね)の裏通りに面している。二階建てだ。割に大きい。

笹川の自宅を訪れた翌日の正午過ぎである。自動車修理工のアリバイは、別働隊が調べているはずだ。

「きのうの聞き込みでは、三雲のアリバイは裏付(ウラ)けが取れませんでした。宮内さんと一緒に三雲の知り合いたち、それから以前住んでたアパートの大家さんにも会ったんですけどね」

玲奈が運転席で言った。

「三雲は事件当夜、青木ヶ原の樹海の中をさまよってたと供述してる。だが、地元の富士吉田署はそれを確認してない」

「ええ、捜査資料にはそう記述されてましたよね。自殺志願者が樹海に入り込んでいないかどうか富士吉田署と民間のパトロール隊がチェックしているはずですけど、網に掛からなかった人たちもいるんでしょう。だから、年に十人以上の人間が樹海の中で命を絶ってるわけですよね」

「それはそれとして、樹海周辺で三雲の姿を見かけた人物はいなかった。バスを降りた姿も目撃されてないということだから、三雲の話を鵜呑みにはできないな」

「そうですね。小室陽菜殺しの容疑者と血液型が同じだという点も引っかかります。ＤＮＡは異なってましたけど」

「そうだな。蓮見、ＤＮＡ鑑定は毎年、二十七万件近く行われてるんだろう？」

「ええ、そうです。二〇〇六年から自動分析装置を使って十五カ所を観察ポイントにしたら、精度は約四兆七千億分の一まで上がりました」

「新鑑定法の導入で真犯人を割り出しやすくなったことは間違いないが、精度は百パーセントじゃない」

「そうですね。人間は全知全能ではありませんから、人為的なミスは避けられませんよね」

「入力ミスがあることは隠しようのない事実だ」

「ええ。ことにデータベースの登録ミスが多いんですよ。それによって、冤罪を招いた事例があります。ＤＮＡ鑑定をパーフェクトと思い込んだら、誤認逮捕をすることになるでしょうね」

「そうだろうな。刑事の勘だけによる捜査は危険だが、ＤＮＡ鑑定を全面的に信じるのも問題だと思うね」

「同感です」

「捜査資料によると、三雲は一年数カ月前から個人で便利屋をやってるようだが、ここ四、五日はアパートの自室にいるという報告だったな？」

「ええ。アパートの入居者の話ですと、三雲は月のうち半分ぐらいしか仕事をしてないようです。庭の雑草取りや犬小屋のペンキ塗りなんかを請け負ってるみたいですけど、おそらく月収は十万そこそこなんでしょう」

「その程度の収入では喰えないな。三雲は生活保護費を受給してるのか？」

「いいえ、それは受けていないことを確認しました」

「そうなら、三雲は別のバイトもしてそうだな」

「その可能性はあると思います」

「もしかしたら、危いことをして生活費の不足分を稼いでるのかもしれないぞ。たとえば、振り込め詐欺の受け子か出し子をしてるとかさ。あるいは書店で人気のコミック本をごっそりと万引きして、新古書店で買い取ってもらってるとか」

「そうなのかしら？　犯歴があるからって先入観を持つのはよくありませんけど、三雲がまともではない手段で生活費の一部を工面してる疑いはありそうですよね」

「そうだな」

浅倉は相棒に断ってから、煙草をくわえた。パワーウインドーを下げ、紫煙をくゆらせる。

「宮内・乾班は小室陽菜のお母さんから再聞き込みをしてるわけですけど、新情報は摑めないでしょうね。捜査本部の捜査班が何度も被害者の親族に会ってきましたが、新たな事実は何も出てこなかったんですから」

「蓮見、諦めるのはまだ早いよ。刑事に最も必要なのは粘りだぞ。粘って粘って、さらに粘り抜く」

「でも……」

「血縁者たちは被害者に不名誉なことは通常、隠しておくものだ」

「小室陽菜は真面目なOLだったんですよ。後ろめたいことは何もしていなかったでしょう」

「ああ、それはな。しかし、故人が何か犯罪に巻き込まれて家族ともども命を狙われてたとしたら、そのことは警察関係者にも言わないんじゃないのか」

「リーダーは、小室陽菜は性犯罪者の餌食になったのではないと考えはじめてるようですね？」

「笹川と三雲の二人がシロだったら、そう考えてもいいんじゃないのか。事件の加害者は陽菜と唇を合わせてもいないし、乳房も揉んでいない。前戯抜きのセックスは珍しいからな」

「でしょうね」

「性犯罪者の犯行にしては、どうも不自然な気がするんだよ」

「わたしも、そのことは感じていました。犯人は猟奇殺人を装うことで、捜査当局の目を自分から逸らしたかったんでしょうか」

「そうなのかもしれないな」

浅倉は、短くなったセブンスターを灰皿の中に突っ込んだ。助手席側のパワーウインドーを上げたとき、上着の内ポケットで刑事用携帯電話が着信音を発した。

浅倉はポリスモードを取り出し、ディスプレイを見た。発信者は立花班長だった。

「笹川隆はシロだったよ。別働隊が事件当夜、笹川が多摩センター駅付近の複数の防犯カメラに映ってたことを確認してくれたんだ」

「そうですか。わかりました」

「三雲篤志は、まだ部屋から出てこないのか?」

「はい、最初に報告した通りです」

「個人営業の便利屋は、それほど忙しくないんじゃないか。おそらく収入も多くないんだろう。家賃の安いアパートに住んでても、暮らし向きは楽じゃなさそうだ」

「そうだと思います。三雲は何か別の仕事で生活費の不足分を補ってるんでしょう。非合法ビジネスで稼いでるのかもしれません」

「ダーティーな仕事をしてることがわかったら、三雲を別件で逮捕できるね」

「班長、そこまで無理をすることはありません。こっちの勘では、三雲もシロのような気がしてるんです」

「少し筋が読めてきたようだね?」

「猟奇殺人は偽装ではないかと思えてきたんですよ」

浅倉は自分の推測を語った。

「きみが言ったように、被害者の股の間の地面に容疑者の片膝だけの痕があったことは確かに引っかかるな」

「ええ」

「それから、加害者が小室陽菜の唇や乳首を吸っていないのも不自然だね。被害者の体内から精液が検出されてるんで、レイプはしたんだろうが」

「そうだったとしたら、アクロバティックなスタイルで体を繋いだことになります。性犯罪者の犯行なら、当然、前戯に時間をかけてから結合するでしょう」

「そうだろうな。加害者は実際に性行為に及んだんだろうか」

立花班長が言った。

「予め用意しておいた自分の精液を注射器かスポイトを使って、被害者の性器内に注入したのかもしれません。そう考えれば、被害者の股の間に片方の膝を落としたことによってできた窪みの説明がつきます」

「浅倉君、そうだったんじゃないのか。これまでの捜査で被害者には特定の交際相手はいなかったことはわかってるんだが、以前つき合っていた男がいたんじゃないか。そいつは被害者に去られたことを根に持って、何か仕返しする気でいた。そういうことも考えられそうだな」

「班長、お言葉を返すようですが、元彼氏の仕業なら、自分の精液を被害者の体内に遺すようなことはしないでしょう？　そんなことをしたら、いつか捜査の手が自分に伸びてくると予想できますから」

「うーん、そうか。浅倉君、こうは考えられないかね。被害者に嫌われた元彼氏は非常にプライドが高い奴で、女性に去られたことで深く傷ついた。それで、自滅覚悟で仕返しをした。小室陽菜を辱めることで、溜飲を下げたのかもしれないよ」

「そうなんでしょうか。宮内・乾班から、まだ何も報告は上がってないんですね？」

「報告はないんだ。きみら二人は、三雲もシロかどうかを確かめてくれないか」

「そうします」

浅倉は通話を切り上げ、玲奈に班長との遣り取りをかいつまんで話した。

口を閉じたとき、アパートの敷地内から三雲が姿を見せた。軽装で、サンダルを突っかけている。近くのコンビニエンスストアにでも行くのか。

「おれは、徒歩で三雲を尾ける。蓮見は車でゆっくりと従いてきてくれ」

浅倉は静かにエルグランドを降り、三雲を尾行しはじめた。四十メートルほどの距離を保ちながら、三雲とは反対側の道端を歩く。エルグランドは低速で追ってきたが、ほどなくガードレールに寄った。

相棒は慎重に追尾し、たびたび路肩近くに停まった。三雲はJR赤羽駅方面に歩いていたが、数百メートル先で脇道に入った。浅倉は小走りに追いかけた。

裏通りに入った三雲は歩きながら、両脇の民家やマンションに目をやるようになった。

空き巣で、汚れた金を得ているのか。

ほどなく三雲は、マンションの駐輪場に自然な足取りで入っていった。入居者になりすましたにちがいない。

浅倉は物陰に身を寄せ、三雲の動きを目で追った。

三雲はずらりと並んだ自転車を眺め、あたりの様子をうかがった。それから外国製らしい洒落(しゃれ)たデザインの黄色い自転車に近づいた。いつの間にか、隠し持っていたドライバーを握っている。

三雲は黄色い自転車の錠を手早く外すと、リドルに打ち跨(また)がった。マンションを出たとたん、スピードを上げた。

浅倉は道の中央に飛び出し、エルグランドを手招きした。玲奈が浅倉の横で車を停止させた。浅倉は助手席に乗り込んだ。

黄色い自転車はだいぶ遠ざかっていた。玲奈がアクセルペダルを踏み込む。みるみる距離が縮まった。

「蓮見、少しスピードを落としてくれ」

「はい」

玲奈が指示に従う。また、自転車との距離が開く。相棒は一定の距離をキープしながら、三雲を追った。

「三雲は自転車を盗んで、どこかに売ってるようだ。乗ってる外国製らしい自転車はマンションの駐輪場でくすねたんだよ、ドライバーで錠を壊してな」

「あの自転車はイタリア製だと思います。ハンドメイドみたいですから、購入時は百万円前後したんじゃないかな。自転車屋で買い取ってもらってるのかしら？」

「あるいは、リサイクルショップに持ち込んでるのかもしれないな」

「ええ、それも考えられますよね」

会話が途切れた。

三雲は東十条まで自転車を走らせ、大きなリサイクルショップの店先でサドルから降りた。浅倉は相棒にエルグランドを停止させた。助手席から出て、三雲に走り寄る。

「見てたぞ。そっちは、マンションの駐輪場から外国製らしい自転車をかっぱらった」

「おれを泥棒扱いするなっ。この自転車はおれの物だよ」

三雲が言い張った。

浅倉は薄く笑って、警察手帳を見せた。三雲が全身を硬直させた。顔面が引き攣っている。

「そっちは八年前に女子大生をレイプして、服役した。今回は窃盗罪だが、執行猶予は付かないな。三雲、両手を前に出せ！」

「自転車は元の場所に戻しておくから、なんとか見逃してくれないか」

「駄目だ。窃盗容疑で現行犯逮捕する」

浅倉は腰からジュラルミン製の手錠を引き抜いた。三雲が黄色い自転車を押し倒し、身を翻した。

玲奈が三雲の行く手に立ち塞がった。右手に振り出し式の特殊警棒を握っている。三雲が玲奈に体当たりする動きを見せた。

すかさず玲奈が、特殊警棒のスイッチボタンを押した。勢いよく伸びた警棒の先端は、三雲の胸部を突いた。三雲が唸りながら、尻餅をつく。浅倉は三雲に駆け寄り、右腕を捩上げた。三雲が痛みを訴える。

「四月七日の夜、本当に青木ヶ原の樹海にいたのか？」

浅倉は確かめた。

「ああ。生きてても面白くないんで、死のうと思ったんだ。鳴沢村の外れから樹海に入って、太い枝にロープを結んで首を括ろうとしたんだよ。でも、死ねなかった。それで遊歩道から七、八十メートル入った原生林の樹幹に凭れて夜が明けるのを待ってたんだ」

「渋谷の神社の境内で発生したレイプ殺人事件には、まったく関与してないと誓えるか？」

「ああ、誓えるよ。警察はずっとおれをマークしてたようだが、若い女を殺したりしない！　女体は一種の芸術品みたいに美しいじゃないか。殺すなんて、もったいなさすぎるよ」

「そっちの言葉を信じてやろう」

「おれは窃盗容疑で逮捕されるのか？　生活が苦しくて盗んだ自転車を別々のリサイクル

ショップに売ったことは認めるが、もう泥棒はしないよ。だから、大目に見てくれないか。頼む、頼みます」

三雲が涙声で哀願する。浅倉は無言のまま、手を放した。捜査班が扱うほどの事案ではない。今回に限り、見逃してもいいだろう。浅倉は、そう思った。玲奈も同じ気持ちなのだろう。表情で読み取れた。玲奈がしゃがみ込んで、三雲の肩に手を掛けた。

「黄色い自転車はすぐに返して、ほかの被害者宅を回って謝罪してくださいね。それで、余裕ができたら、弁償して。約束してもらえます？」

「約束するよ。誓約書を作ってもかまわない。ありがとう。二人には感謝します」

三雲が深く頭を垂れた。

ちょうどそのとき、宮内から浅倉に電話がかかってきた。

「少し前に立花班長に報告済みなんですが、小室陽菜には一年数カ月前に別れた彼氏がいました。被害者の母親が迷いながらも、打ち明けてくれたんですよ」

「元彼氏は、どんな奴なんだ？」

「森下修平って名で、二十九歳です。森下は合コンで仲よくなった女と何度かホテルに行ったことを小室陽菜に知られて、別れ話を切り出されたようですね」

「そうか」

「森下のほうは陽菜に未練があったらしく、やり直したいと詫びたみたいですよ。しかし、陽菜ははっきりと拒絶したという話でした」

「被害者の母親は、なぜ森下のことを警察関係者に隠してたのか」

浅倉は小首を傾げた。

「森下は陽菜とよりを戻せないとわかると、小室宅に何度も厭がらせの無言電話をかけたようです。救急車や消防車を差し向けたこともあったらしいんですよ」

「陰険な野郎だな」

「そうですね。被害者の母親は捜査関係者に娘がかつて森下修平と交際してたことを喋ったら、また何か仕返しをされると思ったので……」

「警察の者には、森下のことを話せなかったわけか」

「そう言っていました。班長から笹川隆のアリバイが立証されたことを聞きましたが、三雲篤志はどうなんです？」

「おれたちの対象者もシロだな。いま本人を追い込んだんだが、事件当夜は青木ヶ原の樹海にいたと主張したんだ。言い逃れじゃなさそうだ」

「別働隊に三雲のアリバイの裏付けを取ってもらって、うちのチームは森下修平を少し調べてみましょうよ」

宮内が提案した。

浅倉は同意して、通話を切り上げた。

第二章　偽装工作の気配

1

　エンジンが切られた。

　きょうの相棒の宮内が、せっかちにスカイラインを降りようとする。助手席に坐っていた浅倉は、宮内を押し留めた。

「あと十数分で、正午になる。社員食堂はあるんだろうが、森下修平は外で昼食を摂るかもしれないぞ。少し車の中で待ってみよう」

「そのほうがいいかもしれませんね。会社の中で別れた彼女のことを訊いても、多くは語らないでしょうから」

「ああ、多分な。三十分待っても森下が表に出てこなかったら、受付で面会を求めようや」

「わかりました」

宮内が背凭れに上体を預けた。スカイラインは、中央区東銀座にある広告代理店の本社ビルの斜め前の路肩に寄せてあった。

三雲の窃盗に目をつぶってやった翌日だ。そのことは前日、立花班長に報告しておいた。別段、咎められなかった。班長は四角四面ではない。

融通の利かないキャリアや準キャリアが多いが、立花はそうではなかった。懐が深く、器も大きい。清濁併せ呑める大人だった。

といっても、筋はきちんと通す。ただし、いわゆる点取り虫ではなかった。

「笹川と三雲がシロとなったのですから、被害者と一年数カ月前まで交際してた森下が気になってきます。ね、リーダー？」

「そうだな」

「小室陽菜のおふくろさんが言った通りなら、森下はいい加減な男ですね。陽菜と恋愛関係にありながら、合コンで知り合った女と何度かホテルに行ったんですから。誠実さがありませんよ」

「おまえの言う通りなんだが、森下は軽い気持ちで摘み喰いをしただけなんだろう。誘いをかけたのは相手のほうじゃないのかな」

「そうだとしても、もう彼女がいたんです。女の誘惑に負けてはいけませんよ」

「宮内は美人スポーツインストラクターにぞっこんみたいだから、そう言うが……」

「森下の浮気を許せなかった陽菜のほうが、大人げなかったとおっしゃるんですかっ」

「そうは言ってないよ。しかし、三年ぐらい同じ女としか寝てなかったんだろうから、森下がちょっとした浮気心を起こしても仕方なかったんじゃないのか」

「リーダーは女好きだから、森下を庇ったりするんですね。本気で惚れた女性がいたら、目移りなんかしないでしょ？」

「そうだろうか」

「リーダーは、本気で好きになった女性がいなかったようですね」

「そんなことはないよ。死ぬほど惚れた女が何人かいたさ、過去にな」

「何人かいたですって⁉」

「そんなに驚くことはないだろうが？　永遠の愛なんて、そうあるもんじゃない。男も女も、いつか熱が冷める。そうなれば、別れることになるじゃないか」

浅倉は言った。

「努力が足りませんね。交際期間が長くなれば、確かに新鮮さは薄れます。しかし、絆は強まるはずですよ。二人が互いにかけがえのない存在だと思っていれば、倦怠期は乗り越えられるでしょう」

「宮内、大学生みたいなことを言うね」

「茶化さないでください」

「もういいじゃないか。人それぞれ恋愛観もセックスに対する考え方も違うんだ。森下が浮気したことで陽菜の女心は傷ついたんだろうが、そういうケースは珍しいわけじゃない」

「彼氏を繫ぎ留められなかった陽菜のほうにも、問題があったと？」

「そうは言わないが、要するに二人は強く結ばれてなかったんだろうな」

「自分は、森下の背信が悪いんだと思います」

　宮内の表情も声も硬かった。

「そうむきになるなよ。おまえが森下を誠実みのない男だと思うのは勝手だが、そのことで短絡的な推測は慎んだほうがいいな」

「わかっています。班長が森下の個人情報を集めてくれたので、乾・蓮見班は対象者の自宅マンション周辺で聞き込みをしてるでしょう。その聞き込み情報を参考にして、森下が怪しいかどうか判断しますよ」

「そうすべきだな」

　話が中断した。そのとき、『博通エージェンシー』の本社から社員たちが次々と出てきた。

　森下の顔写真はメンバー全員がすでに見ている。それは、班長が運転免許本部から提供してもらった運転免許証用の写真だった。

浅倉は目を凝らした。社員の群れの中に森下が混じっている。宮内も森下に気づいた。

「森下に職質かけよう」

浅倉は先に車を降りた。宮内が倣う。二人はさりげなく森下に近づいた。

「警視庁の者ですが、森下修平さんですよね？」

浅倉は警察手帳の表紙だけを見せ、姓を名乗った。相棒も同じことをした。

「ぼく、危いことなんかしてませんよ」

「四月七日に渋谷で殺害された小室陽菜さんのことで、少し話をうかがわせてもらいたいんです。昼食を摂るために外に出られたのでしょうが、十分ほど時間を割いてもらえませんか」

「かまいませんけど、立ち話は困るな。職場の上司や同僚たちの目が気になるんで……」

「それでは、こちらの車に乗ってください。脇道に車を移動します。それなら、会社の人たちには見られないと思います」

「わかりました」

森下が同意した。宮内が先にスカイラインに駆け戻る。

浅倉は目顔で森下を促し、覆面パトカーの後部座席に並んで腰を沈めた。宮内が心得顔でスカイラインを走らせ、七、八十メートル先の脇道に入れる。

車はガードレールに寄せられた。

「まさか疑われてるんじゃないですよね、ぼく」

森下が上擦った声で言い、浅倉の横顔をうかがった。

「単なる聞き込みです」

「そうですよね。ぼくは、陽菜とは三年以上つき合ったんだから。彼女がまだ大学に通ってるときに交際しはじめたんです。陽菜は大学の学園祭の模擬店で、ポップコーンを売ってたんですよ。ぼくは彼女に一目惚れしたんで、積極的にアタックしたわけです」

「すんなりナンパできたのかな？」

浅倉は、くだけた口調で訊いた。そのほうが情報を引き出しやすい。経験則だった。

「陽菜はまだ初心でしたから、スマホの番号もメールアドレスもなかなか教えてくれませんでした。ぼくは彼女に社員証を見せて安心させ、十五分置きに五回もポップコーンを買いに行ったんですよ」

「そういう努力が実って、小室さんから連絡先を聞き出せたんですか」

「ええ、そうなんです。ぼくらは会うたびに加速度的に惹かれ合って、親密になりました。ぼくは満三十歳になったら、プロポーズするつもりでいたんですよ。それなのに、あることで気まずくなってしまいました」

「おたく、合コンで知り合った女の子と何度かホテルに行ったんだってな。それで、小室陽菜さんを怒らせちゃったんだろ？」

宮内が上体を捻って、咎める口調で言った。

「そんなことまで知ってるのは、警察は密かにぼくのことを調べてたんだな。そうなんでしょ？」

「調べられたら、何かまずいことでもあるのかな」

「ありませんよっ」

森下が宮内を睨めつけた。宮内も森下を睨み返す。

浅倉は上着のポケットから煙草と使い捨てライターを摑み出し、森下に顔を向けた。

「煙草喫うんだろう？」

「ええ」

「少し気を鎮めなよ。いつも喫ってる銘柄は？」

「セブンスターです。でも、会社の机の上に置いたまま表に出てきちゃったんですよ」

「なら、おれの煙草を喫うか」

「一本いただきます」

森下が軽く頭を下げた。

浅倉はパッケージから煙草を振り出した。森下がセブンスターを抓む。浅倉はライターの炎を差し出した。森下が恐縮した顔つきで煙草に火を点ける。

「おれも一服しよう」

浅倉は呟いて、セブンスターをくわえた。

宮内が少しむせ、すぐに換気した。車内は沈黙に支配された。

森下は三口ほど深く喫いつけると、横の灰皿の中に短くなったセブンスターを突っ込んだ。フィルターには唾液が付着している。吸殻から、造作なく森下の血液型とＤＮＡは割り出せるだろう。

「少しは落ち着いたかな」

「はい」

「それじゃ、また確認させてもらうよ」

浅倉は左側の灰皿の中で、煙草の火を揉み消した。森下が使ったのは右側の灰皿だった。

「被害者に別れ話を切り出されたのは、きみが浮気しちゃったからだね？」

「ええ、そうです。浮気相手はぼくに二股でもいいから、自分ともつき合ってほしいとよくＥメールを送ってきたんですよ」

「合コンで知り合った女の子と浮気したことは、どうして陽菜さんにバレちゃったんだい？」

「女の勘で、ぼくの様子がおかしいと感じたんでしょう。彼女、ぼくがトイレに入ったとき、こっそり受信メールをチェックしたんですよ。ぼくは無断で他人のメールをチェックした陽菜を強く叱りつけました。強く文句を言ったことで、彼女、逆ギレしたんですよ」

「別れたいと言ったんだな？」

「そうなんです。ぼくは、浮気相手の体に興味があっただけなんですよ。ナイスバディだったし、ベッドテクニックもあったんです。セックスに飽きたら、相手とは縁を切るつもりでした」

「二十代のころは、いろんな女と寝たいと思うよな。こっちも、そうだったよ」

「リーダー、そういう個人的な話題は必要ないでしょ？」

宮内が振り向いて窘めた。

「おまえの言う通りだな」

「自分が質問してもいいですか？」

「ああ、いいよ」

浅倉は許可した。森下が身構える。

「もう突っかかるような言い方はしないから、正直に答えてくれないか。おたくは陽菜さんに未練があったんで、別れたくなかったんだろう？」

「ええ。浮気したことを幾度も謝りました。だけど、陽菜はぼくの行為は取り返しのつかない裏切りだと罵るばかりでした」

「それで、二人の仲は終わってしまったんだね？」

宮内が畳みかける。

「はい。自分で言うのもなんですけど、ぼく、十代のころから女の子にはモテたんですよ。女にフラれたのは初めてだったんで、すごくショックでしたね」

「それだから、腹いせに被害者宅の固定電話に厭がらせの無言電話をかけたんだな。それだけじゃない。偽電話で、陽菜さんの家に救急車や消防車を差し向けたよな？」

「誰から聞いたんです⁉」

森下が驚きの声を洩らした。

「警察はその気になれば、どんなことでも調べることができるんだよ。だから、質問には正直に答えたほうがいい」

「わかってます」

「そうした厭がらせをしたことは認めるね？」

「は、はい。ぼくが陽菜に嫌われる原因を作ったんですけど、こちらは本気で何度も詫びたんですよ。それなのに、彼女は聞く耳を持たなかった。それが腹立たしかったので、ちょっと怖い思いをさせてやりたくなったんですよ。子供っぽい仕返しだと思われるでしょうけど、プライドをずたずたにされたんで……」

「男らしくないな。自分に非があることを本当に反省してたら、そんな報復はしないだろう。おたくは自分勝手なんだよ」

宮内が極めつけ、口を閉じた。森下は何か言いかけたが、言葉は発しなかった。

「参考までに訊くんだが、陽菜さんが殺された四月七日の夜、そっちはどこで何をしてたの？」

浅倉は訊いた。

「やっぱり、ぼくは疑われてるんですね」

「そういうわけじゃない。そっちのアリバイを知っておきたいだけよ。被害者と何らかの接点があった人たちに等しく質問してるんだ。言いたくない理由でもあるのかな？」

「そんなものはありません。その晩は大学時代にゼミで一緒だった本多司って奴と新宿で午後八時ごろから一緒に飲み歩いてました。別れたのは日付が変わって間もなくでしたね」

「その彼のことを詳しく教えてくれないか」

「わかりました」

森下は、本多の勤務先と自宅の住所を明かした。スマートフォンの番号も口にした。元SPが必要なことを手帳に書き留める。

「入った店の名も教えてほしいんだ」

「本多と落ち合ったのは歌舞伎町一番街にある『海鮮茶屋』という居酒屋で、二軒目はさくら通りにあるガールズバーでした。その後は、区役所通りに面した飲食店ビルの五階にある『オアシス』というスナックですね」

「すらすらと答えたな。まるでアリバイを問われることを想定してたようじゃないか」

宮内が言った。

「ぼくは酒に呑まれるタイプじゃないので、立ち寄った酒場の名はすべて憶えてるんです」

「自分も酒には強いほうだが、とっさの質問には即答できないな」

「あなたは、ぼくを怪しんでるんですね。それなら、本多に確認してくださいよ。それから、三軒の店にも問い合わせてもらっても結構です」

「ガールズバーの店名は教えてもらってなかったな」

「『アクエリアス』ですよ」

「血縁者の証言は弱いんだが、親しい友人や知り合いのアリバイ証言も説得力があるとは言えないんだ。それから、酒場の従業員たちの証言も弱いことは弱いね。いずれも、頼まれて口裏を合わせてもらった疑いがゼロとは言えないからな」

「意地の悪いことを言うんですね。ぼくは陽菜にフラれて自尊心が傷つきましたけど、そんなことだけで殺人に走ったりしませんよ。彼女が嫌いになって別れたわけじゃないんですから」

「そうなんだろうが、愛憎は背中合わせだと言われてる。事実、長年連れ添った夫婦が何らかの理由で配偶者を殺害したケースは珍しくない。恋人同士が痴情の縺れで凶行に及ぶこともある」

「ばかばかしくて、怒る気にもなれないな。あなたはぼくを疑ってるようですが、見当外れですっ」

「そうかな」

「なんか不愉快になってきたな。昼飯も喰わなきゃならないんで、もう解放してほしいですね。いいでしょ?」

「いいよ。引き留めちゃって、悪かったね。ありがとう」

浅倉は宮内を目顔で制し、森下に礼を述べた。森下がスカイラインを降り、小走りに去った。

「宮内、ちょっと森下を刺激しすぎたな。あんなふうに意地の悪い見方をされたら、誰だって怒りたくなるさ」

「リーダー、森下は臭いですよ。アリバイを澱みなく喋ったのは、どう考えても不自然です。森下は、本多という学生時代の友人と三軒の飲み屋の関係者に鼻薬をきかせてアリバイ工作をしたんではありませんか」

「森下に煙草を勧めたから、彼の血液型とＤＮＡは造作なくわかる。鑑定結果で、森下がクロかシロかは判明するさ」

「そうですね」

「グローブボックスから、おれの布手袋と証拠品保全袋を取り出してくれないか」

「はい」

宮内が指示通りに動く。

浅倉は白い布手袋を嵌め、灰皿の中から森下の吸殻を抓み出した。それをポリエチレン袋の中に落とし、宮内に渡す。

「これを刑事部長経由で鑑識に回すんですね？」

宮内が確かめた。浅倉はうなずき、両方の布手袋を外した。

それを上着のポケットに突っ込んだとき、乾から電話がかかってきた。

「森下修平は、あまり評判がよくないっすね。自信家で、エゴイストらしいんすよ。気に入らないことがあると、すぐに激昂するって話でした」

「そうか。少し前に森下と接触できた。うまく森下の煙草の吸殻を手に入れたから、それを鑑識に持ち込む。それで、森下が事件にタッチしてたかどうかははっきりするはずだよ」

「そうっすね」

「おまえたち二人も、いったんアジトに戻ってくれ。宮内とおれは、これから桜田門に向かう」

浅倉は電話を切ると、助手席に移った。

2

誰も口を開かない。

浅倉もなんとなく落ち着かなかった。三人の部下はソファに坐っていた。秘密刑事部屋だ。

班長の立花は自席に着き、机上の内線電話に目を向けている。立花が森下の煙草の吸殻を橋爪刑事部長に託したのは、かれこれ四十分前だ。

刑事部長自身が鑑識課に直に吸殻を持ち込んで、血液型とDNAの割り出しを頼んだわけではない。部下の参事官が動いたのである。

「鑑定結果が出るのが少し遅いですね。血液型はすぐわかるはずだし、DNAだって分析機器に掛ければ、十分以内には型が判明するんですけど」

かたわらに坐った玲奈が、浅倉に小声で話しかけてきた。

「参事官は、割り込むことに少しためらったんじゃないのかな。本庁鑑識課にあるDNA分析装置は毎日、フル稼動してるんだろ？」

「そうですけど、五カ月前に発生した殺人事件の容疑者が判明するかもしれないんですよ。刑事部長の部下が何も言わなくても、気を利かせて先に分析をしてくれてもいいと思うけどな」

「蓮見、それは甘えだよ。確かに捜査本部は五カ月も空回りしてるが、こちらに鑑定を急がせる権利はない。都内の二十カ所近い所轄署に捜査本部が立てられ、捜一の三百五十人の半分あまりが出張って担当事案の捜査に力を尽くしてる」

「そうですね」

「武装捜査班は副総監直属のチームだが、特権意識を持っちゃ駄目だよ。タクシー待ちの列に誰かが割り込んだら、むっとするだろうが？」

「別に思い上がってたわけではありませんけど、早く犯人を特定したいと考えていたので、つい……」

「若いときは功を急ぎがちだが、順番のルールがあるからな。もう少し待とうじゃないか」

　浅倉は言い諭した。玲奈がきまり悪そうな表情で大きくうなずいた。

　数秒後、班長席の警察電話が鳴った。立花が手早く受話器を取る。

「刑事部長、鑑定結果が出たんですね？」

「…………」

「それで？　加害者の血液型とＤＮＡが一致したんですか。ということは、森下修平が犯人だったと考えてもいいわけですね」

「…………」

「チームメンバーの報告によりますと、森下は陽菜にフラれた腹いせに被害者宅に何度も厭がらせの無言電話をかけてます。それだけではなく、救急車や消防車も小室宅に急行させました」

「…………」

「その別件容疑で森下を連行することは可能ですね。しかし、別件で引っ張るのはフェアではない気がします」

「…………」

「いいえ、綺麗事(きれいごと)を言ってるわけではありません。真犯人が森下に濡衣(ぬれぎぬ)を着せようとしたんだとしたら、誤認逮捕になりますでしょ？」

「…………」

「わたしは、別件で森下をしょっ引くことには反対です。血液型とDNAが合致したわけですから、森下は疑えます。しかし、誰かが森下を陥(おとしい)れようと画策したとも考えられますでしょう？」

「…………」

「森下をしばらく泳がせ、揺さぶりをかけたほうがいいと思います。クロだったら、うろたえるでしょう」

「…………」

「真犯人に嵌められたんなら、森下は強く犯行を否認しつづけるでしょう。自分を陥れたがってる人物に心当たりがあるかもしれません」

「…………」

「橋爪部長、ここは当方の判断を受け入れていただけないでしょうか。捜査が長引いた上に誤認逮捕をしてしまったら、警察はマスコミや市民から叩かれることになるでしょう。こう申したからと言っても、自己保身本能が働いたわけではありません」

「…………」

「巨大組織の腐敗や堕落ぶりを隠そうとしてるわけではないんですよ。これ以上、失点を重ねたら、さらに警察嫌いが増えるのではありませんか。愚直なまでに社会の治安を守ろうと努力している警察官も大勢います。そんな彼らが気持ちよく働けるようにしなければならないと思うんですよ」

「…………」

「超法規捜査チームですが、冤罪を生むようなことはしたくありません。勇み足は避けるべきでしょう」

「…………」

「ご理解いただきまして、ありがとうございます。それでは、そうさせてもらいます」

通話が終わった。

斜め前にいる乾がソファから立ち上がって、大きな拍手をした。

「班長、カッコよかったっすよ。橋爪刑事部長との通話内容はおおよそ察しがつきました」

「乾君、からかうなよ」

「おれ、茶化したんじゃないっす。班長に共感したんすよ。レイプ殺人犯と血液型やDNAが合致した森下修平はクロ臭いっすけど、出来すぎって感じです。真犯人（ホンボシ）に罪を被（かぶ）せられそうになった可能性がないとは言い切れませんからね」

「そうなんだよ。それだから、わたしは刑事部長に森下を脅迫容疑や偽計業務妨害容疑でいま連行するのは得策ではないと進言したんだ。泳がせ捜査で、森下が誰かに濡衣を着せられたのかどうか確認する必要があると判断したわけだよ」

「誤認逮捕をしたら、市民の警察アレルギーが強まっちゃうっすからね」

「そうだな」

立花が自席から離れ、ソファセットに近づいてきた。乾がソファに腰を戻した。

班長が乾の横に坐る。それを待って、宮内が口を開いた。

「班長は少し慎重すぎるんではありませんか。森下は自分の浮気が因（もと）で小室陽菜に去られたのに、女々しくよりを戻したがりました」

「そういう報告だったね」

「陽菜に完全にフラれると、森下は無言電話をかけて厭がらせを重ねました。自信家で妙にプライドの高い男だから、被害者に嫌われたことで自尊心が傷ついたんでしょう」

「それが引き金になって、陽菜をレイプしてから絞殺したのではないか。宮内君は、そう推測したわけだな？」

「はい、そうです。森下は被害者と以前は恋仲だったので、渋谷駅に向かっている陽菜に逃げられることはなかったんでしょう。言葉巧みに事件現場に陽菜を誘い込み、高圧電流銃を押し当て、さらにクロロホルムを染み込ませた布で口許を塞いで……」

「その後のことは省略してもかまわんよ。そういう筋の読み方はできるが、犯行動機が弱いとは思わないか？」

　立花が問いかけた。

「森下は男のプライドを傷つけられました」

「しかし、その程度のことで人生を棒に振ってもいいと捨て鉢になるだろうか。森下は、まだ二十九歳なんだ。それに女性には好かれるタイプらしいから、すぐに新しい彼女ができそうじゃないか」

「森下は自分で言っていたほどモテないんだと思います。現に陽菜にフラれてから一年以上も経ってるのに、新しい彼女ができてないようです。もしかしたら、森下は未練たらたらで、陽菜にしつこく『やり直そうじゃないか』と迫ってたのかもしれませんよ」

「だが、それは受け入れられなかった?」

「ええ。著しく自尊心が傷ついたので、凶行に及んだんではないんでしょうか」

「森下は面白くなかっただろうね。しかし、別に前途が暗いわけじゃない。『博通エージェンシー』で出世できるかもしれないんだ。みすみす自分の人生を棄てたりはしないと思うな」

「ですが、被害者の膣内に森下の精液が遺されていたことは紛れもない事実なんです。森下はクロと考えるべきでしょう?」

「そのことだけで、森下を犯人と断定するのはまずいな。真犯人が何らかの方法で森下の精液を手に入れて、偽装工作した可能性もあるからね。浅倉君はどう思う?」

「森下が誰かに犯人に仕立てられたかもしれないという読みは否定できないでしょう。誰かに嵌められたとも考えられますのでね。森下はぎりぎりですが、まだ二十代です。恋愛がうまくいかなかったぐらいで、凶行に走るとは思えない気もします」

「リーダー、待ってください。森下はプライドが高い奴なんですよ。小室陽菜に何度も謝ったのに、許してもらえませんでした。カーッとなっても、不思議じゃないでしょ?」

宮内が喰い下がった。

「森下は気に入らないことがあると、すぐに激昂するタイプらしいから、陽菜に憎しみを覚えただろうな。殺意も芽生えたかもしれない」

「そうですよね？」

「宮内、最後まで聞けよ。森下は子供じゃないんだ。じきに冷静さを取り戻したはずだよ。ただ、いまの段階では森下が濡衣を着せられたとも言い切れない」

「リーダーの言う通りですね。森下にアリバイがあるのかどうか、それを急いで調べるべきだと思います」

玲奈が口を挟んだ。乾が玲奈に同調する。

「宮内と蓮見は、森下のアリバイの裏付けを取る。おれは乾と一緒に森下に鎌をかけてみます。班長、それでかまいませんよね？」

浅倉は立花に指示を仰いだ。

「そうしてもらおうか。まだ三時半を回ったばかりだが、事件当夜、森下が学友の本多司と落ち合ったという『海鮮茶屋』の従業員は仕込みに取りかかってるかもしれない。ガールズバーとスナックは夕方にならないと、店には誰もいないだろう？」

「だと思います。しかし、アリバイ調べを急ぐ必要がありますんで」

「リーダー、森下は本多と飲食店従業員たちに金品を渡して偽証してくれるよう頼んだんじゃないですか。わたしはそう睨んでるんです」

宮内が言った。

「おまえは森下のようなタイプの男は嫌いなんだろうが、捜査に私的な感情を挟むのはよくないぞ。物事は公平に見るようにしないとな」

「わかってますよ」

「だったら、もう何も言わない。おまえらはスカイラインを使ってくれ。おれたちはエルグランドに乗るよ」

浅倉は宮内・玲奈コンビを目顔で促した。

二人はソファから立ち上がり、アジトから出ていった。乾が浅倉に顔を向けてきた。

「宮内さんは騎士(ナイト)みたいなところがあるから、女を困らせる野郎は嫌いなんすよ。だから、森下のことをクロにしたいという気持ちが強いんじゃないっすか。DNA鑑定で森下が疑わしいという結果が出たわけっすけど、まだアリバイ調べは済んでない。それなのに、いつもの冷静さを欠いてる。宮内さんは女に誠実じゃない男を軽蔑(けいべつ)してるんだと思うっすね」

「そうなんだろうな」

「リーダーとおれは女好きだから、宮内さんに軽蔑されてそうっすね」

「乾、おれを一緒にしないでくれ。おれは惚れた女を裏切ったことはないぞ。たまに別の女と戯(たわむ)れたりするがな」

「それが裏切りでしょ？」

「いや、背徳行為じゃないな。恋の駆け引きだよ。本命の女にジェラシーを感じさせることも必要だろうが？」

「うまく逃げたっすね。本命がいても、ほかの女とも親密になりたいだけじゃないんすか？　おれは、そうっすね」

「おまえ、開き直ったな」

浅倉は乾と顔を見合わせ、小さく笑った。

すると、立花が羨ましげに呟いた。

「きみらは、独身生活をエンジョイしてるんだね」

「班長は奥さんと娘さんを大事にして、幸せそうに見えますよ。家庭にはなんの不満もないでしょう？」

浅倉は訊いた。

「特に不満はないが、家族を背負ってれば、独身のころみたいに自由には生きられない。もちろん家族の存在は大きく、活力源にもなってる。妻や娘をきちんと養うことが夫の務めだと思ってるし、支えにもなってるよ。それでも、羽目を外せなくなってしまったことが時たま情けなく思えるね」

「多くの妻帯者は立花さんと同じなんじゃないですか？」

「そうだろうね。小さくまとまってしまった自分に苛立ったりするのは、贅沢な悩みなのかもしれないな」

「班長、家で何かあったんすか？」

乾が心配顔で問いかけた。

「家で何かあったわけじゃないんだ。夫婦仲は円満と言えるだろうし、娘にも疎まれてもいない。結婚したことで得たものは大きいと思うよ。しかし、同時に失ったものもある」

「それは何なんすか？」

「反骨精神というか、男の闘争心だね。わたしは妻と一緒になるとき、結婚しても変に丸くなってはいけないと思ってた。それなのに、だんだん他人と抵抗なく折り合いをつけるようになってしまった。家庭を持っても、荒ぶる魂を失わない同世代の男たちが何人かいるんだよ」

「そんな中年が現実にいるんすか⁉」

「いるんだよ。しかし、わたしはすでに牙を抜かれたような生き方をしてる気がするんだ。妻子がいるから、いつの間にか、羊になってしまったとは思わないんだが……」

「そんなふうに考えてる班長は、充分に精神が若々しいですよ」

浅倉は、乾よりも先に言葉を発した。

「そうかな」

「ええ。立花さんは、いざとなったら、牙を剝むくでしょう。家庭があるからって、臆病おくびょうになんかなってませんよ。おれたちの強い味方です。今後も頼りにしてますんで、ひとつよろしく！」

「つまらないことを言いだして、済まない。実は、高校時代から親しくしてた友人が半月前に左遷させんされた青森あおもり県の山林の中で首吊り自殺してたんだ。共通の友人から、昨夜ゆうべそのことを電話で教えられたんだよ」

「なんでそんなことになったんです？」

「自ら命を絶った友人は弱電メーカーの中間管理職に就ついてたんだが、上司が下請け業者からキックバックを貰もらってたことを内部告発したため、青森の八戸はちのへ市の小さな営業所に飛ばされたんだ。問題の上司は副社長に目をかけられてたらしい。その副社長も長年にわたって下請け業者にたかってたようで、友人の内部告発を握り潰つぶして……」

「班長のご友人を青森の小さな営業所に追っ払ったわけですか」

「そうなんだ。しかも、平社員に格下げされたというんだ。友人は曲がったことが大嫌いだったんだよ。しかし、まだ子育てが終わってないんで、不本意ながらも単身赴任したんだ」

「そうなんですか」

「だが、屈辱感と惨みじめさに耐えられなくなったんだろうね。死んだ友人は奥さんに退職金と生命保険金で二人の子供を育て上げてほしいという内容の遺書を認め、自ら人生に終止符を打ってしまったんだ」

「決断するまで辛かったんでしょうね」

「それは辛かったと思うよ。友人の住んでた会社借り上げのマンションの壁には、『飼い馴らされた羊になんかなるものか！』と黒いマジックペンで殴り書きされてたらしいんだ。その話を共通の友達から聞いたとき、わたしは胸を衝かれたよ」

「そうでしょうね」

「この先、わたしの身にも何が起こるかしれないが、理不尽な目に遭ったときは……」

立花は涙で声を詰まらせた。

浅倉は、あえて何も言わなかった。乾も黙したままだった。

「理不尽な目に遭ったら、必ず牙を剝いてやる。羊のままで死に追い込まれた友人の弔い合戦のつもりで、敵と死にもの狂いで闘うよ」

「そのときは、おれと乾が助け太刀します」

「浅倉君、その気持ちだけで充分だよ。何かやるときは、自分だけで決着をつける」

立花班長はうつむき、両腿の上で拳を固めた。ほとんど同時に、肩を震わせはじめた。声を殺して泣いていることは明らかだった。

浅倉は乾に目配せして、そっとソファから立ち上がった。すぐに乾も腰を上げる。

二人は静かにアジトを出た。せめてもの気遣いだった。空疎な励ましの言葉は力を持たない。

乾が歩きながら、ぼそっと言った。

「家族を大事にしてる班長が妙なことを言いだしたと思ったけど、ああいうショックなことがあったんすね」

「立花さんは旧友の異変に気づかなかった自分を一晩中、責めつづけてたようだな」

「そういえば、班長の目の下に隈ができてたっすよ。一睡もしてない感じっすね」

「そうなんだろう。生きてりゃ、いろんなことがある。それにしても、身内や友人の死は重いよな」

「そうっすね。ところで、また『博通エージェンシー』の本社に行って、森下を締め上げちゃいます？」

「その前に恐喝屋を装って、森下をちょいと揺さぶってみよう。レイプ殺人事件の加害者なら、口止め料を払う気になるだろう」

「そいつは、いい手っすね」

「とりあえず、本部庁舎を出よう」

浅倉は相棒の背を軽く叩き、広い車庫に向かって歩きはじめた。

3

尾行されている。

助手席に坐った浅倉は、そう確信を深めた。本部庁舎を出て間もなく、数台後ろを走行中の白いプリウスが気になっていた。

車内には二人の男が乗っている。だが、年恰好までは判然としない。プリウスは、ずっとエルグランドと同じ道を進んでいる。

乾が運転する車は、銀座四丁目交差点を通過したばかりだ。晴海通りである。東銀座の『博通エージェンシー』に向かっていた。午後四時数分過ぎだった。

「この車は誰かに尾けられてる」

浅倉は乾に告げた。

「えっ、どの車っすか？」

「三、四台後ろを走ってる白色のプリウスだよ。桜田門を出てから、同じルートをたどってるんだ」

「リーダー、それだけでは尾行されてるかどうかわからないでしょ？」

「いや、このエルグランドは間違いなく尾けられてる。プリウスは何度か、この車を追い抜くチャンスがあったにもかかわらず、そうしなかった。だから、尾行されてるにちがいないと判断したんだよ」

「そうっすか。誰が尾けてやがるんだろう」

「おまえはチーム入りするまで、長いこと暴力団係刑事をやってた。組関係者が乾を何かで逆恨みしてるのかもしれないな。思い当たることは？」

「なくはないっすね。おれ、ヤー公たちを荒っぽく取り調べましたんでね。だいぶ反則技も使ったから、おれを恨んでる奴はいると思うっすよ」

「だろうな。森下を揺さぶる前に、尾行者の正体を突きとめようじゃないか」

「了解っす」

「直進して隅田川を越え、晴海三丁目交差点を右折してくれ」

「客船ターミナルの方に行けばいいんすね？」

「そうだ。客船ターミナルの裏に広場があるから、尾行者たちをそこに誘い込もう」

「わかりました」

乾がルームミラーを仰いで、車を道なりに走らせつづけた。

東京湾に面した広場に着いたのは十数分後だった。浅倉たち二人はエルグランドを降りた。白いプリウスは、やはり追尾してくる。

幾組かのカップルがベンチに腰かけているが、人影は疎らだった。浅倉・乾コンビは車を降りると、物陰に隠れた。

少し待つと、二人の男が広場の中に入ってきた。

片方には見憶えがあった。本庁警務部人事一課監察の主任監査官だった。脇坂という苗字で、浅倉よりも二つ若い。

監察のメンバーは、警視庁に所属する約四万五千人の警察官・職員の不正や生活の乱れを内偵調査している。いわば警察の中の警察だ。

トップの首席監察官が取り仕切り、その下には二人の管理官と四人の主任監察官がいる。主任までが〝監察官〟と呼ばれ、平の部下たちはすべて〝監察係〟だ。

犯罪や私生活の乱れで、毎年百人前後の警察官・職員が懲戒処分になっている。そのうちのおよそ十人が懲戒免職者だ。

免職になると、退職金や共済年金は貰えなくなる。それだけではなく、まともな再就職先はまず見つからない。裏社会に流れた元警察官は千人近いのではないか。

不倫や借金でチェックされた者のほぼ全員が、依願退職という形をとっている。退職金や年金を受け取らせてやろうという計らいだ。警察には身内を庇う体質がある。

その温情主義が、腐敗や堕落の遠因になっているのは確かだろう。

都知事から俸給を貰う形になっているが、警視庁の警察官はすべて血税で食べさせてもらっている。不心得者に情けをかけて税金を無駄遣いしていることを市民団体に問題視されても、仕方がないだろう。

「リーダー、あの二人は監察の脇坂譲主任監察官と山際修という監察係っすよ。多分、あの二人はおれの私生活をチェックしてるんだろう」

「服役中のやくざの内縁の妻と密会してるところを見られたんじゃないのか？」

「そうなのかもしれないっすね。相手の女を困らせたくないから、おれ、空とぼけるっすよ」

「そのほうがいいな。そういうことなら、逃げ隠れする必要はないか」

「ええ。出てもいいっす」

「よし、出よう」

浅倉は言って、先に物陰から出た。乾がつづく。

脇坂と山際が立ち止まって、顔を見合わせた。どちらも当惑顔だった。

「尾行に気づかれてるとは思わなかったようですね」

浅倉は、脇坂主任監察官に声をかけた。

「われわれは、別にあなた方を内偵してたわけではない。ほかの調査対象者がこの付近に逃げ込んだようなので、様子をうかがいに来たんだ」

「苦しい言い訳だな。おたくらは、乾の私生活をチェックしてたんでしょう？」

「いや、そうではない」

「主任、本当のことを言ったほうがいいと思いますよ」

部下の山際が進言した。脇坂が唸ってから、乾を見据えた。

「ストレートに質問するよ。おたくは、関東桜仁会的場組の若頭補佐の内縁の妻、久須美綾乃、三十一歳と特別な間柄じゃないのか？」

「綾乃のことはよく知ってるけど、疚しい関係じゃありませんよ。彼女の内縁の夫の石堂謙治にはおれが組対四課にいたころ、よく捜査に協力してもらってたんだ。要するに、裏社会の情報を貰ってたんですよ。そんなことで、綾乃とも顔馴染みになってた」

「おたくは正直じゃないな。わたしの部下の山際とほかの者は、おたくと綾乃がしばしばホテルの同じ部屋に入っていったのを目撃してるんだよ」

「それは事実です」

「観念して石堂の内妻を寝盗ったことを認める気になったか」

「慌てないでほしいな。おれがホテルの部屋で綾乃の相談に乗ってたのは、ちゃんと理由があるんです」

「相談に乗ってただけだと言うのか!?」

「そうなんですよ。喫茶店かレストランで綾乃の今後の身の振り方の相談に乗ってやってたら、警察関係者や的場組の連中に邪推されるかもしれないでしょ？　それだから、わざわざホテルに部屋を取って相談に乗ってやってたんですよ」

「そんな話、信じられないな。おたくと久須美綾乃は男女の関係になったんだろう？　それで、ホテルで密会してたんじゃないのかっ」

「石堂謙治とは立場は違いますけど、気が合うんです。そんな石堂が恐喝と監禁罪で四年五カ月の刑を打たれた。内妻の綾乃は石堂にミニクラブを任されてたんですが、連れ合いが服役したとたん、的場組と対立してる組織の奴らが店で営業妨害しはじめたんですよ。で、おれはそいつらを追っ払ってやってたんです。綾乃はミニクラブを畳んで、石堂がシャバに出てくるまでネイルサロンを経営する気になったんで、いろいろ相談に乗ってたわけなんです」

「あなたの話をすんなり信じる気にはなれませんね」

　山際が硬い表情で言った。

「なんでだよっ」

「乾さんの女性関係を調べさせてもらいました。かなり派手に女遊びをしてますね。そんなあなたが久須美綾乃と密室で二人っきりで数時間も過ごして、清い関係だったという話には説得力がないでしょ？」

「おれは女にだらしないが、石堂には友情めいたものを感じてるんだ。そういう奴の内縁の妻に手を出すわけないだろうが！　そこまで女にゃ不自由してねえぞ」

「しかし……」

「おれたちが他人じゃないって証拠でもあるのかっ」

乾が気色ばみ、脇坂と山際に鋭い目を向けた。

「的場組の関係者の中にも、二人はもうデキてるんじゃないかと口走った人間がいるんだよ」

脇坂が言った。

「そいつの名は？」

「それは教えられない。情報提供者は保護してやらなければいけないからな」

「噂や臆測を真に受けて身辺をうろつかれるのは迷惑ですね。うっとうしいんだよ。そもそもおれの私生活をチェックする気になったのは、どうしてなんです？」

「監察に密告電話があったんですよ、乾と久須美綾乃は他人じゃないはずだってね」

山際が口を滑らせ、すぐ悔やむ表情になった。脇坂が山際を目顔で咎めた。

「久須美綾乃さんは、乾と特別な関係であると認めたんですか？」

浅倉は脇坂に訊ねた。

「彼女も単に相談に乗ってもらってるだけで、後ろめたいことは何もしていないと言い切ってるが……」

「二人がそう言ってるんでしたら、乾の私生活を洗うのはもうやめるべきでしょう」

「あなたは、わたしの上司じゃない。そういう判断はこちらがする。それより、おたくらは特命捜査対策室別室という新しいセクションに一年前から異動になったようだが、何も活動してないようだね。民間企業で言えば、追い出し部屋なんだろうね。特に職務がなかったら、全員、依願退職したほうがいいんじゃないのかな」

「余計なお世話ですっ」

「おたくも女関係が乱れてるようだから、そのうち監察対象になりそうだな」

脇坂が口の端を歪め、体を反転させた。山際も踵を返す。二人は肩を並べて足早に立ち去った。

「石堂の内妻と密会するときは、横浜あたりのホテルを選んだほうがいいな。都内のホテルで会ってたら、そのうちに脇坂たちに決定的な証拠を押さえられることになるだろう。石堂の舎弟たちにも、密会現場に踏み込まれるかもしれない」

「少し気をつけるっすよ。綾乃は、クラブホステス時代に石堂に見初められて内縁の妻になったんす。石堂に強く勧められて背中に緋牡丹の刺青を入れちゃったんすけど、あばずれ女じゃないんすよ」

「で、石堂に知れたら危いと思いつつも口説いてしまったんだな？」

「そうなんすよ。綾乃は石堂が刑務所に入ってから心細くなってたんすよ。多分、体も渇いてたんだと思うっす」

「呆気ないほど簡単に落とせたんだな？」

「ええ。綾乃は、いい女っすよ。でも、そのうち離れないとね。情が移ったら、おれたち、駆け落ちしちゃうかもしれないっすから」

「そういう烈しい恋愛に走ってもいいじゃないか」

「そうなったら、石堂は仮出所後、おれたち二人を死にもの狂いで見つけ出して、どっちも殺すと思うっす。おれはそれでもいいけど、綾乃を若死にさせたくないな。それに、おれ、刑事の仕事は嫌いじゃないんすよ。リーダーたちと一緒にできるだけ長く仕事をつづけたいと願ってるんすよね」

「それなら、久須美綾乃とは切れたほうがいいな」

浅倉は言って、歩きだした。乾が従いてくる。

白いプリウスはどこにも見当たらない。きょうは、もう脇坂と山際に尾行されることはなさそうだ。

浅倉はエルグランドの助手席に乗り込むと、上着の内ポケットから私物のスマートフォンを掴み出した。『博通エージェンシー』の本社に電話をかけ、ありふれた姓を騙って森下修平に繋いでもらう。

「東都テレビ編成部の加藤さんですね？」

森下が確かめた。浅倉は作り声で応じた。

「加藤は偽名だよ」

「どなたなんです⁉」

「自己紹介は省略させてもらう。おれは、そっちの致命的な弱みを握ってる」

「弱みって、なんのことです？」

「そっちは四月七日の晩、渋谷の神社の境内で二十五歳の女を強姦した後、樹脂製の結束バンドで絞殺した。被害者の名は小室陽菜だ。一年数カ月前に別れた元彼女だよ。そっちは合コンで知り合った女と何度かホテルに行った。その浮気が陽菜にバレてしまって、別れ話を切り出された」

「そうなんですが、ぼくは事件とは無関係です」

森下が声をひそめた。

「往生際(おうじょうぎわ)が悪いな。そっちは陽菜に未練があったんで、よりを戻そうとした。しかし、相手にはその気がなかった。そっちは女にフラれたことで、すごくプライドが傷ついた。憎しみは、いつしか殺意に変わった。で、そっちは猟奇殺人に見せかけるため、レイプして殺害した後、被害者の二つの乳首と性器の一部を大型カッターナイフで切り取った。おれは捜査関係者から、確かな情報を入手したんだよ」

「違う！　ぼくは陽菜の事件には一切タッチしてません」

「もう言い逃れはできないんだよ。遺留精液から、犯人の血液型とＤＮＡが判明したんだ。どちらも森下修平のものに間違いなかった。さっきうっかりレイプして殺害した後でと言ってしまったが、実はそっちは被害者を強姦はしてない。予め用意しておいた自分のザーメンを注射器か、スポイトで陽菜の性器に注入したんだろ？　性的異常者の仕業と思わせるためにな」

「身に覚えがないっ」

「案外、しぶといな。すぐにこっちの要求を呑むと高を括ってたんだが、けっこう粘るね。おれは一応、フリージャーナリストなんだよ。しかし、原稿料と印税だけでは家族を支えられないんだ。それで、いつからか、恐喝で喰うようになってた。こっちのことをブラックジャーナリストと呼ぶ奴もいるな。警察はそう遠くないうちに逮捕状を裁判所に請求するだろうが、おれは密航のルートもつけられる。口止め料を二千万円用意してくれれば、高飛びの手配もしてやろう。悪い話じゃないと思うがな」

「ぼくには事件当夜のアリバイもあるんだ。警察に怪しまれたら、物理的にぼくが陽菜を殺すことは不可能だって言ってやる」

「口止め料を払う気はないのか？」

「もちろんさ。ぼくは脅迫には屈しない」

「後悔するぜ」

浅倉は威しをかけた。森下が無言で電話を切る。浅倉はスマートフォンを懐に戻した。

「感触はどうだったんすか？」

　運転席の乾が早口で訊いた。

「大胆に鎌をかけてみたんだが、森下が狼狽する気配は伝わってこなかったな。自分は陽菜の事件にまったく関わっていないと憤ってたよ」

「森下はシロなんすかね。けど、被害者の体内からは森下の精液が採取されてるっす。森下がばっくれてないとしたら、誰かが彼に濡衣を着せようと偽装工作したんじゃないっすか。そうとしか考えられないっすよ」

「森下がシラを切ろうとしているようには見えなかったんだ。森下は誰かに嵌められたのかもしれないな」

「宮内さんたち二人が森下のアリバイの裏付けを取ったら、あの男はシロと思ってもいいんじゃないっすか」

「そうだな」

「被害者は森下と別れてから、特定の男とはつき合ってなかったんすよね？」

「捜査資料にそう記述されてたから、それは事実なんだろう。捜査本部の調べで、小室陽菜は誰からも好かれる人柄だったことは明らかになってるから、犯行動機が怨恨ということは考えられないだろう」

「金銭的なトラブルもなかったはずっすよ。加害者は金品には目もくれてないっす」

「そうだったな」

「あっ、もしかしたら……」

「乾、何か思い当たったんだな？　言ってみろ」

「小室陽菜は通勤電車でよく同じ車輌に乗り合わせる男に一方的に惚れられて、つき合ってくれとしつこく言われてたんじゃないっすかね。けど、被害者（マルガイ）は相手にしなかったのかもしれませんよ。それでもストーカーみたいな野郎は陽菜につきまとってた。陽菜はうっとうしくなって、少しきつい口調で抗議したんじゃないっすかね。そのことは、捜査資料には記述されてなかったすけど」

「その件を恨みに思って、ストーカーのような男が何らかの形で森下の精液を手に入れ、陽菜を絞殺した？　そういう変質者っぽい男につきまとわれてたとしたら、おそらく陽菜は家族に相談しただろう。少なくとも、母親には変な奴のことを話してたにちがいない」

「だとしたら、陽菜のおふくろさんはそのことを捜査関係者に喋（しゃべ）ってるっすよね？」

「そうするだろうな」

「そういうストーカーっぽい奴がいたとしても、そいつが森下の精液を手に入れられた可能性はなさそうっすね。そいつと森下が友人同士だったなんて偶然はあり得ないことっすから」

「そうだな」

「となると、加害者にまるで見当がつかなくなる」

「乾、そう焦るな」

浅倉は笑顔で助言した。

その数分後、宮内が浅倉に電話をかけてきた。

「リーダー、やはり森下修平はクロっぽいですよ」

「アリバイが崩れたのか？」

浅倉は問いかけ、耳に神経を集めた。

「そうです。事件当夜、森下は歌舞伎町の『海鮮茶屋』で、ゼミの仲間だった本多司と落ち合ってませんでした」

「間違いないのか？」

「ええ。店長はまだ姿は見せてなかったんですが、仕込みをしてた三人の従業員が同じ証言をしたんですよ。その晩、本多は会社の同僚二人と店に来たらしいんですが、森下は顔を出してません。森下は本多に連れられて店に来たらしいんですよ、二年ほど前にね。それから本多と連れだって月に二、三度飲みに来るようになったという話でしたが、事件当夜は絶対に来店してないそうです」

「なぜ森下は嘘をついたんだろうか」

「クロだから、さもアリバイがあるようなことを言ったんでしょうね。それはそうと、ガールズバーの『アクエリアス』と『オアシス』というスナックには、やっぱり誰もいませんでした」

「そうだろうな。で、どうした?」

「われわれは本多の勤務先の市ケ谷(いちがや)に回ってきたんですが、あいにく当人は営業で外回りをしてるらしいんです。午後六時前には会社に戻る予定だというから、本多を待ってみます」

「そうしてくれないか」

「本多と接触できたら、また連絡します」

「そうしてくれ」

浅倉は通話を切り上げ、宮内から聞いたことを巨漢刑事に伝えはじめた。

4

夕闇が濃くなった。

六時を過ぎていた。浅倉はフロントガラス越しに、『博通エージェンシー』の本社ビルに視線を注いでいた。森下が社内にいることは偽電話で確認済みだった。

「意外な展開になったっすね、森下のアリバイが崩れたみたいっすから」

乾がハンドルを抱き込むような恰好（かっこう）で、小声で言った。

「読み筋が外れたようだ。森下のアリバイは立証されると予想してたんだが、そうはならなかった」

「被害者の元彼氏（モトカレ）がアリバイを偽装してたとなると、森下の心証はやっぱりクロか」

「確かに疑わしくなってきたな。しかし、森下は陽菜とよりを戻せなかったことを根に持ってただろうが、それだけで人殺しはしないと思うがね」

「シロなら、わざわざアリバイを工作する必要はないでしょ？」

「森下は何か理由があって、そうせざるを得なかったのかもしれないぞ。事件当夜、彼は知られてはまずいことをしてたんじゃないだろうか」

「たとえば、少女買春をしてたとか？」

「そうなのかもしれないし、人妻と情事に耽（ふけ）ってたとも考えられるな。あるいは、違法カジノにいたんじゃないのか」

「警察に知られたくないことをしてたんなら、それを隠す必要があるっすよね。だから、森下は四月七日の夜は学生時代からの友人と飲み歩いてたなんて嘘をついたのか。そういうことも考えられるっすよね」

「そうだな」

「リーダー、森下が会社から出てきたら、おれ、自称ブラックジャーナリストの加藤の仲間の振りをして少しビビらせますよ。おれはこの通り堅気には見えないでしょうから、森下は怯えると思うな。そのほうが手っ取り早いでしょ？」

「宮内か蓮見から連絡があるだろうから、それからどんな手で森下を心理的に追い込むか決めよう」

「了解っす。張り込む前に、コンビニで買ったミックスサンドを喰ってもいいっすか。おれ、ちょっと腹が空いてきたんすよ。リーダーの分も買ってありますから、一緒に喰いましょうよ」

「先に喰ってくれ」

浅倉は言って、口を結んだ。

乾がコンソールボックスの上に置いたビニール袋から、缶コーヒーとミックスサンドイッチを取り出した。先に缶コーヒーのプルトップを引き抜き、サンドイッチを頬張りはじめる。

「それだけじゃ、足りないだろうが。おれの分も喰っていいぞ」

「いいんっすか？」

「ああ。ただ、缶コーヒーだけは残しておいてくれ」

浅倉は言った。

乾が自分のサンドイッチを食べ終えたとき、宮内から浅倉に電話があった。

「出先から会社に戻った本多司に接触することができました。やっぱり、森下はアリバイ工作してましたよ」

「詳しく話してくれないか」

「はい。本多は森下から五十万円ほど借りて、まだ返済してないらしいんですよ。そんなことで、森下のアリバイづくりに協力したそうです」

「事件当夜、森下は『海鮮茶屋』だけじゃなく、ガールズバーやスナックにも行ってないんだな？」

「ええ、そうです。森下は理由を言わないで、四月七日の夜は本多と新宿で梯子酒をしてたことにしてくれと頭を下げたそうです」

「事件当夜、森下は他人に知られたくないことをしてたんだろう。それだから、アリバイを偽装する必要があったにちがいない」

「リーダー、何を言ってるんですっ。被害者の性器から、森下の精液が採取されたんですよ。それだけではありません。森下はアリバイ工作もしていました。被害者の元交際相手は真っ黒でしょ？」

「宮内、落ち着け。確かに森下にとって、不利な材料が揃ったよな。そのことに何か作為的なものを感じるんだよ、おれは」

「SP上がりの自分は、殺人捜査ではまだ駆け出しでしょう。ですが、森下をクロと断定してもいいと思いますよ。それを裏付ける証言も得られましたし、アリバイ工作したことはっきりしたわけですから」

「そうなんだが、誰かが森下を陥れたと考えられないこともない。仮に森下が真犯人(ホンボシ)だったとしよう。前にも話したことだが、小室陽菜の股の間には容疑者が片方の膝を着いた痕しか遺(のこ)ってなかった。片膝立ちでセックスするのは容易じゃない。被害者は意識も失ってたんだ。やすやすと体を持ち上げることはできないだろう」

「そうかもしれませんが、森下は充分に疑わしいですよ。陽菜がよりを戻すことを拒(こば)んだので、森下は頭にきたんでしょう。だから、カッターナイフで二つの乳首と性器の一部を削ぎ落としたんだと思います」

「その猟奇的な手口も作為的だとは思わないか？　フラれたとはいえ、森下は三年以上も被害者と親密な間柄だったんだ。そこまで残忍なことはできないんじゃないか。愛情が憎しみに変わることはあるが、そういう蛮行(ばんこう)には及ばないだろう」

「そうでしょうか」

「猟奇的なレイプ殺人の場合、加害者の多くが被害者の性器や肛門に異物を突っ込んで犯行現場を立ち去ってる。だが、陽菜の局部にはサインペンやゴルフボールも押し込まれていなかった。そのことが不自然な気がするんだよ」

「リーダーは、森下をシロにしたいようですね。名の知れた広告代理店の社員がレイプ殺人なんかするわけないと思ってるんでしょ？」

「宮内、おれは客観的に物事を見てるつもりだよ。捜査対象者の職業や収入で、他人を見てないぞ。人間は所詮、五十歩百歩なんだ。社会的に成功したからって、人徳があるわけじゃない。誰も本質的には大きな差なんかないんだ。さまざまな欲を棄てられないし、愚かでもある」

「おっしゃってる通りだと思いますが、森下は被害者の性器を傷つけたと思われます。それだけ陽菜に対する憎悪が強かったんじゃないですか。すぐ森下に任意同行を求めるべきですよ」

「いや、もう少し待つべきだな。誰かが森下を犯人に仕立てようとしたかもしれないんだ。おまえと蓮見はアジトに戻って、待機しててくれ。おれたちが森下を追い込んでみるから」

　浅倉は電話を切り、乾に通話内容を手短に伝えた。

「宮内さんが森下をクロと睨みたくなるのも、わかるっすよ。遺留精液が森下のものだと判明した上に、アリバイ工作をしてたことが発覚したわけっすからね」

「そうなんだが、森下が濡衣を着せられかけたとも思えるんだ」

「長く強行犯係をやってきたリーダーの第六感すか？」

「ま、そうだな。科学捜査の時代に刑事の直感や経験則に引きずられるのは時代遅れだろうが、これまでは割に的中したんだよ。自慢してるわけじゃなく、ほかのベテラン捜査員たち全般に言えることなんだ」

「ほかの仕事でも、キャリアを積んだ人間の勘は侮(あなど)れないっすよね。例は違うかもしれないっすけど、気象衛星から送られるデータに基(もと)づいた天気予報より、漁師や山岳ガイドのほうが正しく気象の変化を読み取るっていいますから」

「そうだな」

「それはそうと、もう森下を直に追い込んだほうがいいっすよ。アリバイを偽装してたことを警察に見抜かれたと知ったら、おそらく観念するでしょう。そして、森下はなぜアリバイ工作をしたかも吐くと思うっす」

「森下を追い込んでみよう」

「段取りはついたっすね」

乾が口を閉じた。

森下が職場から出てきたのは、七時数分過ぎだった。浅倉たちがエルグランドから降りかけたとき、森下が通りかかったタクシーを拾った。

「タクシーを尾行してくれ」

浅倉は乾に命じた。乾がシフトレバーをD(ドライブ)レンジに移す。

森下が乗り込んだタクシーは、緑色と橙(だいだいいろ)色に塗り分けられていた。割に目立つ車だ。

見失うことはないだろう。

乾が車を走らせはじめた。用心深くツートンカラーのタクシーを追尾しつづける。

タクシーは三十分近く走り、港区白金台(しろかねだい)にあるホテルの表玄関前で停(と)まった。森下は慌(あわ)ただしくホテルのエントランスロビーに入っていった。

「誰かと待ち合わせをしてるみたいっすね。おれはまだ面(メン)が割れてないっすから、ちょっと様子を見てくるっす」

乾が車寄せの端にエルグランドを駐(と)め、急いで運転席から離れた。小走りにホテルの館内に入っていった。

浅倉は煙草をくわえた。

森下は、クライアント企業の宣伝部長と夕食を共にすることになっているのか。広告代理店の営業担当社員は接待が重要な仕事だ。スポンサー筋に気に入られないと、翌年はテレビのCF、新聞・雑誌広告の年間契約をライバル社にさらわれかねない。

一服し終えたとき、懐(ふところ)で刑事用携帯電話(ポリスモード)が鳴った。

浅倉はポリスモードを摑み出した。ディスプレイを見る。発信者は蓮見玲奈だった。

「宮内さんがリーダーに電話で報告したとき、わたし、すぐそばにいたんです。宮内さんに他意はなかったと思うんですけど、リーダーに報告してないことがあったんですよ」

「えっ、そうなのか」

「こそこそするのは厭なんですけど、その件を補足すべきだと思ったんです」

「近くに宮内がいるんじゃないのか？」

「わたしたち、いまパスタ屋にいるんです。アジトに戻る前に夕食を摂ることになったんですよ。この電話、女性用の化粧室から……」

「なら、宮内に聴かれる心配はないな。で、補足したいことって？」

「本多さんは森下に頼まれてアリバイ工作をしたと白状した後、気になることを呟いたんです。事件当夜、森下はどこかのホテルで小遣いを稼いでたんじゃないかと口を滑らせたんですよ」

「ホテルで小遣い稼ぎをしてたんじゃないか。本多は、そう口にしたんだな？」

「ええ、そうです。わたし、最初は森下がホテルで夜間アルバイトをしてるのかと思ったんですけど、プライドの高い男性がそういうことはしないですよね？」

「多分な。もしかしたら、森下は金に余裕のある女性たちのベッドパートナーを務めてるのかもしれないぞ」

「えっ、男性が体を売ってるんですか⁉」

「出張ホストたちは客の女たちに性的なサービスをして、五万から十万の報酬を貰ってるそうだ。といっても、森下が不特定多数の女たちを抱いてるとは思えないな。プライドが高いようだからさ」

「なら、リッチな熟女の相手を務めてるんでしょうか？」

「そうなのかもしれないぞ」

浅倉は否定しなかった。相手の女性が成功者なら、森下はそれほど屈辱感は覚えないだろう。それどころか、ある種の優越感さえ懐くかもしれない。下剋上の歓びも味わえるのではないか。

「宮内さんは森下をクロと見てるんで、アリバイが偽装だとわかって、読み通りだと喜んでたんですよ。それだから、本多司が呟いたことをリーダーにわざわざ報告しなかったんでしょうね。事件当夜、森下が他人に言えないようなことをしてたので、アリバイ工作をした。そういうことなら、宮内さんの推測は外れてることになりますでしょ？」

「そうだな。宮内は現場捜査歴が浅いんで、なんとか手柄を立てたいと焦ってるんだろう」

「そうなんですかね」

「蓮見はどう筋を読んでる？　宮内と同じように、森下が真犯人と思ってるのかな」

「森下は確かにクロっぽいですよね。遺留体液は森下のものと鑑定されましたから、疑惑は拭えません。だけど、被害者に殺意を懐いたとしても、レイプする気にはならないと思います。たとえ強姦したとしても、スキンレスで交わったら、身許を割り出される心配があると考えるでしょう」

「そうだろうな」

「リーダーが推測したことは、おおむね正しいんではありませんか。真犯人は何らかの方法で森下修平の精液を手に入れ、それを冷凍保存して、被害者の体内に注射器かスポイトで注入したんでしょうね。ただ、加害者が犯行直前に森下の精液を手に入れられるかどうかは疑問ですけど」

「そうだな」

「詳しいことはわからないんですが、世界最大の精子バンク『クリオス』はデンマークの大学都市オーフスにあるんですが、精子を収めたストロー状の容器はマイナス百九十六度に保たれた保冷庫にずっと入れてあるらしいんですよ」

「何年も先に精子を利用する場合は、そうして冷凍保存をしておく必要があるだろう。しかし、常温でも精子は何日か生きてるはずだ。冷蔵庫の冷凍室に入れとけば、きっと鮮度をキープできるにちがいない」

「でしょうね。現に森下の精子の一部は鑑定時まで生きてたって元同僚が言ってましたから、真犯人は手に入れた体液を自宅で冷凍保存してたんでしょう」

玲奈が言った。

「そうなんだろうな。本多司がふと洩らしたことは、いい加減な話じゃないようだ」

「リーダー、どういうことなんでしょう？」

「七時過ぎに勤め先を出た森下はタクシーに乗って、白金台にある老舗ホテルに来たんだ。客室百数十のシティホテルなんだが、大人の情事にもよく使われてるんだよ」

「そうなんですか」

「いま乾がホテルで、森下が誰と会ってるか調べてるところなんだ。蓮見たち二人はアジトに戻っててくれ。何か動きがあったら、班長に報告するよ」

浅倉は通話を切り上げた。

それから間もなく、乾が車に戻ってきた。

「森下は、広告のクライアント関係者と会ってるのか」

「そうじゃないようっす。森下はグリルでシェリー酒を傾けてた四十年配の熟女のテーブルに直行して、親しげに談笑しはじめたんですよ。女の装身具はいかにも値が張りそうでしたから、実業家なのかもしれないっすね。多分、森下は若いツバメをやって小遣いを貰ってるんでしょう」

「そう考えてもよさそうだな。事件当夜、森下は四十絡みの女とホテルで肌を重ねてたんだろう。相手が独身であっても、年下の男をセックスペットにしてることを世間に知られるのはまずい。女性が人妻だとしたら、家庭不和の原因になるだろう」

「そうっすね。だから、森下はアリバイ工作をする必要があったわけか」

「そうなんじゃないか」

「リーダー、一緒にグリルに行きましょうよ。熟女が実業家か何かでも、職務質問には渋々でも答えるんじゃないっすか」

「森下とはビジネスの話をしてるだけだと言われ、追っ払われそうだな」

「なら、森下だけをグリルの外に呼び出して、本多司がアリバイ工作に協力したことを自白ったと言ってやりましょうよ」

「その前にフロントに寄ろう」

浅倉は先に助手席を出た。乾も運転席を離れる。フロントは右手にあった。浅倉たちはフロントに足を向けた。

二人はホテルのロビーに足を踏み入れた。三人のフロントマンが立っていた。

浅倉は警察手帳を呈示してから、五十一、二歳に見えるフロントマンに森下修平の顔写真を見せた。

「この男が四十歳ぐらいの女性とこのホテルをちょくちょく利用してますね？」

「写真の方は何度かお見かけしたことがありますが、お連れの女性については存じ上げません」

「いかにもホテルマンらしい返答をされたが、正直に教えていただかないと、写真の男は殺人犯に仕立てられてしまうかもしれないんですよ。この男は、熟年女性が予約した部屋に直行することが多いんでしょう。しかし、二人はグリルやバーを利用してるようなんです。現に、いまも二人はグリルにいます」

「さようでございますか」

「連れの女性のことを教えてほしいんですよ」

「お客さまの個人情報を明かすことは禁じられておりますので、ご協力できないのです。申し訳ございません」

「無実の人間が絞首刑になるかもしれないんですよ。それでも、あなたは平気なのか」

「平気ではありませんよ」

フロントマンが額の汗を手の甲で拭って、二人の部下に席を外させた。

「協力してくれる気になったんですね？」

「は、はい。子供のころ、近所のガキ大将に万引き犯に仕立てられそうになったことがありますので、冤罪で苦しんでいる方がいるのでしたら……」

「ありがとうございます。写真の男とよくホテルを利用してる女性は？」

「ネット通販で急成長中の『フロンティア』の代表取締役の細谷しのぶさんです。四十一、二歳のはずです」

「女社長は独身なのかな？」

「八年前に離婚したそうで、現在は広尾の億ションにお住まいです。しかし、若いボーイフレンドをご自宅に招き入れるのははばかられるらしく、月に二、三回、ツインの部屋を予約されて写真の方と甘い一刻を過ごされているようです」

「二人は泊まらないんすか？」

　乾が話に割り込んだ。

「ええ。別々に部屋を出られて、タクシーでそれぞれのご自宅に帰られています」

「狂おしく求め合ったら、どっちも帰宅するんすね？」

「どう答えればよろしいのか……」

　フロントマンが目を伏せた。

　浅倉はフロントマンに礼を述べ、乾とともにグリルに向かった。フロントから、それほど離れていない。

「森下を連れ出すっすね」

　乾がそう言い、グリルの中に消えた。浅倉はグリルの出入口から五、六メートル離れた通路の端にたたずんだ。

　数分待つと、乾が森下を伴ってグリルから出てきた。

「あっ、あなたは⁉」

　森下が目を丸くした。

「本多司がそっちに頼まれて、アリバイ偽装に協力したことを認めたよ」

「えっ⁉」

「小室陽菜が殺害された夜、そっちは『フロンティア』の社長の細谷しのぶとホテルで肌を貪り合ってた。そのことが世間に知られると、そっちも女社長も都合が悪い。だから、アリバイ工作をする気になった。そうだな？」

「ええ。しのぶさんの会社はぼくのクライアントの一つで、『フロンティア』のパーティーに出席したとき……」

「女社長にベッドパートナーを務めれば、少しまとまった小遣いをやるって甘く囁かれたんだろう？」

「そうです。月に六十万になるバイトなんて、めったにありません。それだから、ぼくは月に二、三回、しのぶさんのセックス相手をしてたんです」

「そっちはシロだという心証を得たよ」

「やっとわかってくれましたか。くどいようですが、ぼくは陽菜を絶対に殺してません」

「そのことはわかったよ。真犯人がどうやって、そっちの精液を手に入れたのか。その謎が解けないんだ」

浅倉は言った。森下が短くためらってから、意を決した顔つきになった。

「思い当たる人物がいます。ぼくは陽菜とつき合う前に亜未という短大生と親しかったんですよ。いろんなことがあって、彼女とは別れたんです。でも、近況はずっと教え合ってました。亜未は短大を卒業すると、大手建設会社の受付嬢になりました」

「容姿は悪くなかったんだ、その彼女は」

「そうですね。亜未は建設会社のエリート社員に見初(みそ)められて、二十三のときに結婚したんです。旧姓は富永(とみなが)だったんですが、道又(みちまた)亜未に変わりました」

「そう」

「いま亜未は二十八歳なんですが、なかなか子供ができませんでした。孫の誕生を心待ちにしてる姑(しゅうとめ)に厭味(いやみ)を言われるようになったので、夫婦で医療法人『白愛会(はくあいかい)病院』の不妊治療科を訪れたらしいんです。その結果、夫は先天的に精子の数が少ないとわかったそうです」

「だから、妊娠しにくいわけか」

乾が話に加わった。

「そういうことなんですが、姑は息子の嫁に不妊の原因があると言い張ってたみたいなんですよ。で、旦那と同じ血液型のぼくの精液を欲しがったんです」

「で、久しぶりに昔の彼女とナニしたわけか」

「亜未は自分はもう人妻だからといって、セックスは拒みました。仕方なくスキンを装着して……」

「マス掻(か)いたんだな？」

「は、はい。亜未は謝礼の十万円を置いて、精液入りのスキンを大事そうに家に持って帰りました」

「そっちの精液で道又亜未さんが妊娠しても、旦那とはＤＮＡは違う。出産しても、いずれ産んだ子供の父親でないことがバレてしまうじゃないか」

浅倉は手で乾を制し、森下に言った。

「ええ、そうですね。ぼくも、亜未にそのことを言ったんですよ。彼女は自分の畑は悪くないということを姑に示したいだけなんだと言いました。ぼくの子ができたら、故意に流産させると言ってました」

「そういうことか」

「亜未に十万円で精液を売ったのは、陽菜が殺された前日の夜でした。彼女が予告なしにぼくの自宅マンションにやってきたんですよ」

「そう」

「でも、亜未は陽菜とは会ったこともないはずです。だから、彼女が陽菜の性器にぼくのザーメンを注入したなんてことは考えられません。亜未は、ぼくの精液を誰かに盗まれたんだろうか」

「道又亜未さんの自宅と連絡先を教えてほしいな」

「はい。住まいは……」

森下が質問に答えはじめた。

浅倉は、乾にメモを執らせた。

第三章　気になる不倫相手

1

なんとなく足が重い。

浅倉は本部庁舎に入ると、いったん立ち止まった。白金台のホテルで森下に迫った翌朝である。九時数分前だった。

浅倉は森下をグリルに戻らせると、乾とフロントに引き返した。そして、四月七日の夜に『フロンティア』の細谷しのぶ社長がチェックインしたかどうか確認した。

森下の供述通りだった。女社長は大胆にも本名で部屋の予約をしていた。ただ、別人が細谷しのぶになりすました可能性はゼロではない。

浅倉はそう考え、乾とふたたびグリルに戻った。今度は女社長をグリルの外に呼び出し、事件当夜に森下と密会していたかどうか直に訊いた。

しのぶは最初、ひとりでツインルームで寛いでいたと言った。世間体を考え、年下の男をセックスパートナーにしていることを隠す気になったのだろう。

部下の乾が森下に殺人の嫌疑がかかっていることを話した。すると、細谷しのぶは森下と事件当夜は情事に耽ったことを認めた。四十女が小娘のように頰を赤らめていた。かわいらしかった。

そのことは前夜、立花班長に電話で伝えてあった。森下の容疑が消えたことを宮内は班長から聞いているにちがいない。自分の推測が外れて、元SPはショックを受けたのだろう。浅倉・乾コンビが秘密刑事部屋に戻ったとき、宮内の姿はなかった。

どんな捜査もチームプレイだ。単独で難事件を解決させることは不可能に近い。

浅倉は、三人の部下と張り合う気持ちなどなかった。むしろ、部下たちに手柄を立てさせたいと考えている。

しかし、三人とも殺人捜査歴はまだ浅い。結果的に浅倉が事件を落着させることが多かった。そのたびに、部下たちに申し訳ないと思う。といって、三人に手柄を譲ったりするのはスタンドプレイめいている。

浅倉は偽善が大嫌いだった。ことさら善人ぶったり、正義を振りかざす人間は信用していない。真に人間味のある者は他者に思い遣りを示しても、それを誰にも覚られないようにしている。照れ隠しに、露悪趣味があるように振る舞うものだ。露悪家は、たいがい心根が優しい。

浅倉はエレベーターホールに進んだ。

珍しく無人だった。下りのボタンを押す。すぐエレベーターの扉が左右に割れた。

浅倉は函に乗り込み、地下三階に下った。大股で秘密刑事部屋に向かう。アジトの前に宮内が立っていた。

「おはようございます。森下はシロだったんですね？」

「ああ、アリバイが立証されたんでな」

「昨夜、そのことを班長から聞きました。遺留体液が森下のものだと鑑定されましたし、アリバイも偽装してましたでしょ？」

「そうだったんだが……」

「そんなことで、森下が真犯人だと確信してしまったんです。リーダーがあまりに慎重だったんで、突っ掛かるような言い方もしました。勇み足をしたことを恥ずかしく思っていますし、リーダーを不愉快な気持ちにさせてしまいました。どうか勘弁してください。自分、思い上がっていました」

「気にすんな。おれも強行犯捜査に馴れかけたころ、先輩たちの慎重さに苛ついたもんだよ」

浅倉は屈託なく言った。

「それにしても、生意気だったと思います。自分に殺人捜査は無理なんでしょうか？」

「そんなことはないよ。筋は悪くない。ただな、事件には複雑なからくりがあることも少なくないんだ。衝動殺人は別だが、計画的な殺人の場合は加害者たちはそれぞれ悪知恵を働かせてる」

「そうでしょうね」

「だから、手がかりを摑んでも、何か不自然さを感じたら、裏があると考えたほうがいいな」

「今回の早とちりで、そのことを学ばせてもらいました。リーダー、本当に申し訳ありませんでした」

宮内が深く腰を折った。浅倉は笑顔で宮内の背を軽く叩き、先にアジトに入った。

立花、乾、玲奈の三人がソファに腰かけ、何か話し込んでいた。コーヒーテーブルには四つのマグカップが載っている。

「リーダーも、コーヒー飲みますでしょ？」

玲奈が立ち上がって、ワゴンに歩み寄った。

浅倉は、宮内と乾の横に並んで坐った。玲奈が手早く浅倉のコーヒーを淹れ、立花班長のかたわらのソファに腰かける。

「森下がシロだとわかったわけだが、意外な流れになったね」

立花が浅倉に話しかけてきた。

「ええ、まあ。しかし、森下が誰かに濡衣を着せられそうになったのではないかと推測もできましたので、想定内ではありましたが……」

「きみは読みが深いからな。わたしは森下がクロっぽいと思ってた。遺留体液で容疑者が特定されたのでね。しかも、アリバイを工作してた」

「ええ、そうでしたね。しかし、森下は事件当夜、『フロンティア』の女社長と白金台のホテルで密会してました。その裏付けが取れたわけですから、森下がかつて交際してたという道又亜未をマークすべきでしょう」

「そうだね。亜未の嫁ぎ先は、杉並区本天沼二丁目にあるんだったな」

「そうです。夫の道又諒は三十四歳で、大手建設会社『明和建工』の設計部に所属してます」

「妻の亜未が、森下の精液を事件発生日の前夜に本当に十万円で買ったかどうかを確かめなければいけないな。森下が嘘をついてるかもしれないからね」

「ええ。それから、亜未が『白愛会病院』の不妊治療科に通ってるかどうかも確認する必要があるでしょう」

「きみと蓮見さんは、道又亜未に会ってくれないか」

「わかりました。宮内と乾には、河田町にある『白愛会病院』に行ってもらいます」

「そうしてくれないか」

「班長、きのうのうちに橋爪刑事部長に森下はシロだったと伝えていただけました？」

浅倉は問いかけ、コーヒーを啜った。

「ああ、報告を上げといた。刑事部長は、副総監にそのことを伝えてくれたと思うよ。もちろん、お二人とも捜査本部のみんなには隠れ捜査のことは喋ってないはずだ」

立花が言って、脚を組んだ。その直後、宮内がソファから腰を浮かせた。

「自分らは先に出ます。どちらの車輛を使いましょうか？」

「そうだな、エルグランドを使ってくれるか」

「了解しました」

「行ってくるっすね」

乾が誰にともなく言い、ソファから離れた。宮内と乾がアジトから出ていく。

「道又亜未は姑と確執があるようだから、夫の母親が在宅のときは訪問しないほうがいいね。もちろん、夫の諒が自宅にいるようなら、近所で先に聞き込みをしてくれないか。亜未が不妊のことで深刻に悩んでる様子がうかがえたかどうかを……」

立花が浅倉に言って、かたわらの玲奈に目をやった。先に言葉を発したのは玲奈だった。

「姑に早く孫の顔を見たいなんてちょくちょく言われたら、お嫁さんとしては悩むでしょうね。夫の精子が少ないことが不妊の主な原因だと姑には言いにくいでしょうから、道又亜未はだいぶ悩んでたんじゃないかしら？」

「そうだろうな」

「苦し紛れだったのでしょうが、昔の交際相手の精液を十万円で買うという発想は大胆でシュールです」

「亜未としては、自分に妊娠能力があるんだということを夫の母親に知ってほしかったんだろう。嫁のほうに何か問題があると思われるのは癪だろうからさ」

「そうでしょうね」

「それにしても、女は怖いな。きのう森下が言った通りなら、道又亜未は元彼氏の子をいずれ流産させるつもりだったらしいから」

浅倉は玲奈に顔を向けた。

「その話には、わたしもぞっとしました。子供を産んだら、いずれ父親が夫でないことがわかってしまうとしても、薄情すぎますよね」

「そうだな。畑は悪くないということを証明したくて、昔の交際相手の精子を手に入れること自体が異常じゃないか。普通の主婦はそこまで考えないだろう。たとえ子供を何年も授かれなくてもな」

「でしょうね」

「道又亜未は身勝手な性格なんだろうな」

「そう考えてもいいと思います。ところで、森下の子ができたんですかね。そのことについて、森下は何も言わなかったんですか？」

「それについては、まったく触れなかったよ。どうせ妊娠しても、亜未がわざと流産させると言ってたんで、特に関心は持たなかったんだろうな」

「亜未も森下も、人の命をいったいどう思ってるんでしょう！　わたし、なんだか腹が立ってきました」

玲奈が怒りを露にした。班長が無言でうなずく。

浅倉はコーヒーを飲み干すと、目顔で玲奈を促した。二人は相前後して立ち上がり、秘密刑事部屋を出た。玲奈がスカイラインに乗り込み、イグニッションキーを捻る。浅倉は助手席に腰を落とし、ドアを閉めた。

玲奈が車を滑らかに走らせはじめた。ループ状のスロープを登り、本部庁舎を出る。道路は、あまり混んでいなかった。

道又宅を探し当てたのは、およそ三十数分後だった。

邸宅と呼んでも差し支えないような家屋だ。敷地は二百坪はあるのではないか。庭木が多い。奥まった場所に洋風住宅が建っている。二階家だ。

あたりは閑静な住宅街だが、道又宅は一際目につく。亜未の夫の実家と思われる。

玲奈がスカイラインを道又宅の数軒先の生垣に寄せた。コンビは車を降り、通行人を装って道又宅の前をゆっくりと通り抜けた。

浅倉は歩きながら、道又宅の生垣の隙間から庭を覗き込んだ。

六十代の女性が庭木の手入れをしていた。道又諒の母親と思われる。顔立ちは整っていたが、目のあたりに険がある。気難しい性格なのではないか。

「姑がいるようですね。近所で聞き込みをしましょうか」

玲奈が言った。

浅倉は同意し、そのまま道なりに進んだ。二百メートルほど行くと、左手に児童公園があった。

三人の女性が幼児を砂場で遊ばせている。浅倉たちは園内に入った。玲奈が不妊治療クリニックの医療スタッフを装って、若い母親たちに声をかけた。

「道又さんのお嫁さんをご存じの方はいらっしゃいます？」

「亜未さんのことなら、わたし、知ってますけど……」

乳児を抱いた二十六、七歳の女性が答えた。

「道又亜未さんは、なかなかお子さんができないので不妊治療をつづけるかどうかで悩んでるようなんですよ」

「姑さんに、せっつかれてるんだと零してました。もっと色気を出して、息子を妖しく挑発しろとか言われるんで、ノイローゼになりそうだと言ってました。亜未さんのほうに妊娠能力がないわけじゃないみたいなんですよね。どうもご主人の精子の数が一般男性よりもだいぶ少ないらしいんです。無精子症に近いんで、妊娠しにくいんですって？」

「そうなんですよ。でも、ノイローゼになるほど思い悩んでるんだったら、不妊治療を中断したほうがいいのかもしれませんね」

玲奈が芝居をうった。浅倉は黙って聞いていた。それから間もなく、抱っこされていた乳児がむずかりはじめた。

それを汐に、浅倉たちコンビは児童公園を出た。

「森下が言ってたように、道又亜未は子供ができないことで夫の母親に厭味を言われてたようだな」

「そうみたいですね。それで、亜未は昔の交際相手の精液を十万円で買ったんでしょう。でも、妊娠したのかしら？」

「それは、本人に訊いてみよう。姑が外出したら、対象者宅のインターフォンを鳴らす。逆に亜未が買物に出るようだったら、適当な所で声をかけよう」

「わかりました。それまで、車の中で待機ですね？」

「そうしよう」

二人はスカイラインを駐めた場所まで引き返し、素早く車内に入った。

「リーダー、道又亜未に森下から精液を十万円で買ったことをストレートに訊いちゃうんですか？」

玲奈が訊いた。

「そうするつもりだよ。もちろん、森下の精液が殺人事件に使われたなんてことは喋らないがな」

「でも、わたしたちの素姓を知ったら、亜未は警戒するんじゃありません？　対象者が四月七日の事件に間接的にでも絡んでたら、空とぼけると思うんですよ」

「だろうな。そうなら、道又亜未は何らかのリアクションを起こすはずだ。おれは、それを狙ってるんだよ」

「際どい賭けですね。亜未は後ろ暗いことをやってたら、ずっと警戒心は解かないんじゃないかな？」

「そうだろうか。強かだったら、亜未は森下から精液を十万円で買ったことを頑として認めないだろう」

「そうでしょうね。亜未は本当に姑に妊娠能力があるということを示したくて、森下の精子を手に入れる気になったんでしょうか。何か森下に恨みがあって、彼を殺人犯に仕立てる気になったとは考えられません？」

「なるほど、そう筋を読めないこともないな。蓮見の推測通りだとしたら、被害者と亜未には何らかの接点があるにちがいない。捜査本部は、小室陽菜の交友関係をとことん洗っただろう。班長経由で、橋爪刑事部長にそのあたりのことを探ってもらおう」

浅倉はすぐに立花班長に電話をかけて、小室陽菜と道又亜未に接点があったかどうかを調べてくれるよう頼んだ。それから二十数分後、立花からコールバックがあった。

陽菜と亜未には何も接点がないという回答だった。亜未が一面識もなかった陽菜を森下の犯行に見せかけて殺害した疑いはゼロだろう。

浅倉はそう考えながら、玲奈に立花班長の回答内容を喋った。

「そういうことなら、道又亜未は四月七日の猟奇殺人には関与してませんね」

「ああ、そうだろうな。亜未が入手した森下の精液はどういう流れで、陽菜を殺した犯人に渡ったのか。その謎が解ければ、加害者を割り出せるんだろうが……」

「でしょうね。亜未に話しかけるチャンスが訪れるまで辛抱強く待ちましょうか」

玲奈が背凭れを少し後方に倒した。

浅倉は、ルームミラーとドアミラーに交互に目をやりはじめた。

2

腰の筋肉が強張りはじめた。

長いこと同じ姿勢で張り込んでいたせいだろう。浅倉はスカイラインを降り、柔軟体操をした。午後一時過ぎだった。道又家から、亜未も義母も姿を見せない。二人とも外出する予定はないのか。

相棒の玲奈は十分ほど前に近所のスーパーマーケットに弁当とペットボトル入りの緑茶を買いに行き、覆面パトカーを離れていた。女性捜査員は張り込み中は極力、水分を控える。言うまでもなく、小用の回数を減らすためだ。

感心できることではないが、男の刑事は近くにトイレがない場合はこっそりと立ち小便をしている。しかし、女性刑事に野外放尿を強いるわけにはいかない。

浅倉は気を利かせて、玲奈に昼食用の食べものを買いに行かせたのだ。スーパーマーケットのトイレを利用できる。それほど腹は空いていなかった。浅倉は体の筋肉をほぐすと、車内に戻った。

数十秒後、乾から電話がかかってきた。

「報告が遅くなったっすけど、道又亜未が医療法人『白愛会病院』で二年ほど前から不妊治療を受けてることは間違いなかったすよ」

「そうか」

「担当の産婦人科医は白石信之という名で、三十六歳っす。医療事務員や看護師の話によると、その担当医は女たらしだという噂があるそうっすよ」

「おまえみたいだな」

「リーダー、そんなこと言えるんすか？　白石って産科医は独身なのか？」

「一本取られたか。それはそうと、医療スタッフだけじゃなく、不妊治療に通ってる若い人妻もナンパしてるみたいなんす。もしかしたら、道又亜未も言い寄られたことがあるんじゃないっすか。イケメンだから、のぼせちゃう人妻もいそうっすね」

「もう立花班長には報告済みなんだろ？」

「ええ、少し前に電話しました。そのとき、班長が『白愛会病院』は二年ほど前に都内の国有地を払い下げてもらったはずだと言ってたっすけど、今回の事案とはリンクしてないっすよね？」

「多分、関連はしてないと思うよ。国有地の払い下げのことより、白石信之の交友関係も宮内と一緒に調べてくれないか」

「白石と森下に何か接点があったら、女好きの産科医が陽菜の元彼氏をレイプ殺人の犯人に仕立てようとした疑いがある。リーダーは、そう考えたんすね？」

「そうだ。別に根拠があるわけじゃないが、もし白石信之と道又亜未が不倫の関係にあるとしたら、そういう筋の読み方もできるんじゃないのか？」

「そうだったとしたら、亜未は白石に頼まれて森下の精液を十万円で買ったんじゃないっすかね。そして、白石が職場から持ち出した注射器を使い、森下のザーメンを小室陽菜の局部に注入した。樹脂製の結束バンドで被害者の首を絞めたのも、白石だったのかもしれないっすよ」

「そういうふうに推測できなくもないが、ただの臆測だ。それに引きずられないようにしないとな」

「そうっすね。そちらに動きはあったんすか？」

「いや、まだ亜未に接触できてないんだ」

浅倉は経過を教えて、通話を切り上げた。

それから間もなく、玲奈がスーパーマーケットから戻ってきた。

「手っ取り早く食べられる助六寿司とペットボトル入りのお茶を買ってきました」

「悪いな。釣り銭は取っといてくれ」

「五千円も預かったんですから、それはいけません」

「堅いな」

浅倉は先に助六寿司とペットボトルを受け取り、渡された釣り銭を財布に収めた。

コンビは張り込みながら、昼食を摂った。浅倉は食べながら、乾から聞いた話を玲奈に伝えた。

「リーダー、道又亜未は担当医に頼まれて森下の精液を買ったんではありませんか？」

「蓮見も、そう筋を読んだか。実はおれもそんな推測をして、乾に話したんだよ」

「乾さんはどう反応しました？」

「異論は唱えなかったな。白石信之と亜未が不倫してるとしたら、そういう推測もできるんじゃないか」

「ええ、考えられると思います。そうだったとしたら、白石というドクターは森下に何か恨みがあったんでしょうね。森下を殺人犯に仕立てようとしたわけですので」

「だろうな。白石信之が小室陽菜を殺さなければならなかったのは、なぜなのか。その動機に見当がつかない。二人は一面識もなかったんだろうからな」

「女好きの産科医なら、どこかで陽菜をナンパしたのかもしれませんよ。陽菜は白石と男女の関係になったことを誰にも言わなかった。でも、白石との結婚を心の中で望んでたんじゃないのかしら？　勤務医は開業医みたいに高収入を得てるわけではありませんけど、社会的地位は高いでしょ？」

「そうだな」

「白石のほうは、ほんの遊びのつもりで陽菜と関わった。それなのに、陽菜は本気で白石に熱を上げてしまった」

「白石はうっとうしくなって、第三者の犯行に見せかけて陽菜を始末した？」

「そうなのかもしれませんよ。森下のことは道又亜未から聞いてたんで、濡衣を着せることにしたんじゃないのかしら？」

「蓮見の読み筋が正しかったら、亜未は森下に何か恨みを持ってたにちがいない」

「そうなんでしょうね」

「しかし、真面目な性格だった陽菜が白石の誘惑にやすやすと乗るとは思えないな。相手がドクターと知って、打算的な考えになったとは考えにくいよ。被害者は、そんな軽い女性じゃなかったはずだ」

「そうか、そうでしょうね。真面目な娘は、女擦れしてる男性には警戒心を持ちますから。そう考えると、白石と陽菜が恋愛関係にあった可能性は低そうですね」

「そうだな。蓮見、こういう筋の読み方はリアリティーがないだろうか。白石は人妻の亜未と密会中に誰かに絡まれて、相手を突き倒した。相手は頭をコンクリートの角かどこかに強く打ちつけ、脳挫傷を負った。突き飛ばした瞬間をたまたま通りかかった陽菜が目撃してた。それに気づいた白石と亜未は目撃者に気づいて、焦って現場から逃げた。白石に突き飛ばされた男は、搬送された救急病院で息を引き取ったのかもしれない」

「白石はなんとか目撃者の身許を突きとめ、亜未と共謀して陽菜を葬ったんではないかということですね？」

「そうなんだが、どうだろうか」

「突っ拍子もない推測ではないと思います。そういうことだったのかもしれませんね」

玲奈がそう言い、思考を巡らせる顔つきになった。浅倉は玲奈に断ってから、セブンスターに火を点けた。

煙草を喫い終えて間もなく、道又宅から亜未の姑とおぼしき女性が現われた。着飾っている。どこかに出かけるようだ。

亜未の義母と思われる女性が遠のいてから、浅倉と玲奈はスカイラインを降りた。道又宅の門扉に近づく。玲奈がインターフォンを鳴らした。

待つほどもなく若い女性の声で応答があった。

「どちらさまでしょう?」

「警視庁の者ですが、あなたは道又亜未さんですね?」

「はい、そうです。夫が何か事件に巻き込まれたのでしょうか?」

「そうではありません。インターフォンでの遣り取りでは少し差し障りがありますので、玄関先までお邪魔させてもらえないでしょうか」

「わかりました。どうぞポーチまでいらしてください」

「無理を言って、ごめんなさい」

玲奈が詫び、潜り戸を押し開けた。

浅倉は身を屈め、先に内庭に入った。西洋芝は刈り揃えられている。庭木の手入れも行き届いていた。玲奈が潜り戸を後ろ手に閉める。

浅倉たちはアプローチの石畳をたどり、広いポーチに上がった。ちょうどそのとき、玄関のドアが開けられた。応接に現われた道又亜未は、彫りの深い顔立ちだった。個性的な美女だ。肌が白い。腹は膨らんでいない。

コンビは警察手帳を短く見せ、おのおの姓だけを告げた。

「警視庁の方々が直々にいらっしゃるなんて、只事ではありませんね。どうぞ家の中にお入りください」

「ここで結構です。会話が表の通りまでは聞こえないでしょうから」

「それでも、入っていただきたいんです」

亜未が言った。

固辞する理由もない。浅倉たちは、玄関ホールに面した応接間に通された。大理石のマントルピースのある二十五畳ほどの部屋だった。家具や調度品も安物ではなかった。総革張りの応接ソファは重厚だ。外国製だろう。頭上のシャンデリアは、バカラの製品か。

「立派なお宅ですね」

玲奈が亜未に言った。

「数年前に亡くなった義父は、輸入家具の販売会社を経営してたんですよ。夫の才覚で、この不動産を手に入れたわけではありません」

「ご主人の諒さんは『明和建工』にお勤めなんですよね?」

「はい。主人が何か問題を起こしたのかしら。どうぞお掛けになってください」

亜未は浅倉たちを長椅子に坐らせると、応接間から出ていった。戻ってきたのは数分後だった。

洋盆（トレイ）には、二つのゴブレットが載っている。中身はグレープフルーツ・ジュースのようだ。

「どうかお構いなく」

浅倉は恐縮した。

亜未が小さく笑って、ゴブレットをコーヒーテーブルの上に移す。それから彼女は、浅倉と向き合う位置に腰を沈めた。

「冷たいうちにどうぞお飲みになってください。九月になりましたけど、まだ日中は暑いですものね。ご苦労さまです。それで、どのようなことで見えられたのでしょう？」

「あなたは短大生のころ、森下修平さんと交際されていましたでしょ？」

「夫のことではなくて、わたしのことで聞き込みにいらしたんですか」

「そうなんです。森下さんとつき合っていらしたことは間違いありませんね？」

「はい。おつき合いしていたのは二年弱でした。森下さんのことは嫌いではありませんでしたけど、感情の行き違いなんかがあって別れることになったんです。その後は、お友達として近況を報告し合ってきました」

「四月六日の夜、あなたは森下さんの自宅マンションを訪ねましたね。そのことは森下さんから聞きました」

「それなら、隠しても仕方ありませんね。わたし、結婚してから一度も妊娠したことがないんですよ。そのことで、夫の母親に嫁として一人前ではないと露骨に厭味を事あるごとに言われつづけて、気が滅入っていたんです。夫は独りっ子でマザコン気味ですんで、義母の肩を持ってばかりなんですよ。ですので、その晩は森下さんに愚痴を聞いてもらったわけです」

「訪問の目的は、それだけですか。いただきます」

浅倉はゴブレットを摑み上げ、グレープフルーツ・ジュースで喉を潤した。

「どういう意味なんでしょう?」

「あなたが『白愛会病院』で不妊治療を受けられてきたことも調べさせてもらいました。担当医は白石信之さんだったかな。イケメンのドクターだから、患者の女性たちにも人気があるんでしょうね?」

「そうみたいですけど、わたしは結婚してますので。白石先生を男性として意識したことは一度もありません」

「そうですか」

会話が途切れた。すぐに玲奈が口を開いた。

「奥さんのほうに不妊の原因はないそうですね。ご主人の精子の数が少ないとかで、なかなかお子さんができなかったみたいですね」

「ええ、そうなんです」

「でも、姑さんはあなたのほうに不妊の遠因があると思ってらっしゃるようですね？」

「森下さんは、そんなことまで喋ったんですか。口が軽いわね」

亜未が眉根(まゆね)を寄せた。浅倉は玲奈を目顔で制し、先に言葉を発した。

「回りくどい訊き方はやめましょう。ストレートに質問します。あなたは森下さん宅を訪ね、彼の精液を十万円で買いませんでしたか？」

「えっ？」

亜未が狼狽(ろうばい)し、視線を泳がせた。

「森下さんと道又諒さんは血液型が同じO型だそうですね。あなたは自分に妊娠能力があることを証明したくて、森下さんの精液を体内に注入したんではありませんか？」

「わたし、わたし……」

「森下さんの子が宿ったら、いずれ故意に流産させる気だったんでしょう？　とにかく、ご主人の母親に自分の体には何も欠陥がないことを示したくて、森下さんの精液を手に入れたわけですよね？」

「わたし、そんなことはしてません。森下さんの精子を入手しようなんて考えるわけないじゃないですかっ。わたしは道又諒の妻なんですよ。そんな背徳的なこと、絶対にしてません。お帰りください！」

「不愉快な思いをさせてしまったことは謝ります。しかし、冷静になってくれませんか。あなたが正直に事実を話してくれないと、森下さんはある犯罪の加害者にされてしまうかもしれないんです。具体的なことは明かせませんが、誰かが森下さんの精液を使って彼を犯罪者に仕立て上げようと画策したようなんですよ」

「森下さんは濡衣を着せられて、逮捕されるかもしれないんですか⁉」

「もしかしたら、そうなるかもしれないな」

「ひどい話だわ。無実なのに捕まるなんて、かわいそうすぎます」

「奥さん、正直に話してくれませんか」

「わかりました。四月六日の夜、森下さんの自宅を訪ねて彼の精液を分けてもらいました。渡した十万円は、へそくりでした。わたし、家に持ち帰った精液をスポイトで自分の体内に入れるつもりでした。でも、いざとなったら、それはできなかったんですよ」

「で、スキンの中の精液は棄てたんですか？」

浅倉は身を乗り出した。

「そうしようとも思ったんですけど、わたしと同じように不妊のことで義母にいびられ通しの知人女性に森下さんの精液を譲ってやろうと閃いたんです」

「その知り合いとは、『白愛会病院』で不妊治療を受けてて顔見知りになったのかな？」

「はい、そうです。二階堂さつきという方で、三十二歳です。ご主人の精子が少ないんで、結婚して丸七年経っても一度も妊娠しなかったという話なの。わたしと同じように、姑さんは彼女の卵巣に何か問題があるにちがいないと嫁いびりをしてるらしいんですよ」

「で、すぐに二階堂さつきさんとどこかで落ち合って、森下さんの精液を譲ってあげたんですか？」

「いいえ、そうではありません。精液入りのスキンを冷蔵庫の冷凍室で一晩凍らせて、翌朝に二階堂さんの家まで車を飛ばしたんです」

「その知人女性は、あなたの申し出にびっくりしたでしょうね」

　玲奈が話に割り込んだ。

「最初はとても驚いていました。でも、姑さんをぎゃふんと言わせてやりなさいよとけしかけると、さつきさんは森下さんの精液を自分の子宮に送り込む気になったんですよ。もちろん、妊娠したら、故意に子が流れるようにすると言ってました。彼女は義母にひどいことを言われつづけたので、意地でも妊娠してみせると語ってました。でも、妊娠はしなかったみたいです。スポイトで精液を吸い上げて体内に注ぎ込んで、しばらく横になってたらしいんですけどね」

「その二階堂さんの自宅を教えてもらえます？」

「世田谷区祖師谷四丁目二十×番地だったと思います。円錐形のモダンなデザインの鉄筋コンクリート造りの家だから、すぐにわかりますよ。ご主人は美術系大学の准教授で、彫刻家でもあるんです。だから、奇抜な家を建てたんでしょう」

「そうなんでしょうね」

「さつきさん、本当は森下さんの精液を使わなかったんじゃないのかな。それが森下さんを陥れようとした人物の手に渡ったのかもしれませんよ」

「そうなんでしょうか」

「ほかに何か？」

亜未が浅倉に訊いた。

浅倉は首を振って、謝意を表した。コンビは応接間を出て、それぞれ靴を履いた。

亜未に見送られて、道又宅を辞する。浅倉たちはスカイラインに乗り込み、二階堂さつきの自宅に向かった。斬新なデザインの建物を探し当てたのは二十五、六分後だった。二階堂宅の敷地も割に広かった。優に百坪はあるだろう。

スカイラインを二階堂宅近くの路上に駐め、浅倉たちは目的の家を訪ねた。インターフォンを鳴らしたのは玲奈だった。

応答したのは、さつき本人だ。玲奈が刑事であることを明かし、来意を告げる。

「いま、そちらに行きます」

　さつきが少し焦(あせ)った様子で応じた。スピーカーが沈黙する。

　少し待つと、二階堂さつきが家の中から出てきた。芸術家の妻らしく、目立つ服を身に着けていた。黒縁の眼鏡をかけ、首にストールを巻いている。

　浅倉は門扉(もんぴ)越しに名乗り、そのまま本題に入った。

「四月七日の午前中、道又亜未さんは冷凍した精液を渡したと言ってるんですが、間違いありませんか？」

「嘘ーっ！　なんで亜未さん、そんなことを喋っちゃったんだろう？　まいったな」

　さつきがうろたえ、家屋を振り返った。姑がポーチに出ていないか、目で確かめたようだ。

　玲奈が二階堂宅を訪ねた理由を詳しく話した。それで、さつきは納得してくれた。

「道又さんから貰(もら)った精液をあなたは利用したんですか？」

「亜未さんには使ったと言っといたんだけど、本当はごみと一緒に棄てちゃったのよ」

「なぜなんですか？」

「ザーメンの量が少なかったの。スキンの口はきつく結ばれてたんだけど、精液はほんの少ししか入ってなかったのよ」

「そうなんですか」

「それでね、亜未さんは自分で使った残りをわたしにくれたんじゃないかと思ったわけ。

彼女の昔の交際相手の精子で、二人の女が前後して妊娠しちゃったら、変な気持ちになっちゃうでしょ？　別に3Pをやったわけじゃないけど、なんか落ち着かなくなると思ったのよ」

「それで、あなたは貰った体液を利用しなかったんですね？」

「そうなの。だけど、亜未さんには本当のことを言えなかったのよ。ある種の親切心から、わたしに夫と同じ血液型の精子を分けてくれたわけでしょ？　彼女の厚意を無にするのは悪いじゃないの」

「そうですけど……」

「わたしが彼女に嘘ついたこと、刑事さん、絶対に黙っててください。バラされたら、気まずくなるので」

「余計なことは言いません」

玲奈が口を閉じた。一拍置いて、浅倉は二階堂さつきに質問した。

「担当医の白石先生は、だいぶ女好きらしいとか？」

「先生の病気ね。病院の二、三十代の女性スタッフはたいがい一度は口説かれてると思うわ。不妊治療に通ってる人妻の多くも言い寄られたんじゃないのかな。わたしでさえ誘惑されたんだから、個性的な美人の亜未さんなんかしつこく迫られたんじゃない？」

「彼女、夫婦仲はどうだったんだろう？　姑にいびられてるせいか、夫のことをマザコンだと蔑んでるようだったが……」

「もう夫婦の仲は冷めてるかもしれませんね。といって、義母にいじめられた上に離婚するんでは踏んだり蹴ったりでしょ？　だから、亜未さんは意地でもご主人と別れないと思うわ。ストレス解消に浮気してそうだけど、その相手が白石先生かどうかはわからないわね」

「そう。ご協力に感謝します。あなたに迷惑をかけたりしないから、どうかご安心を……」

「よろしくお願いします」

さつきが神妙に言って、頭を下げた。

浅倉たちは一礼し、二階堂宅を離れた。

「どっちかが嘘をついてるんじゃありませんか？」

玲奈が歩を進めながら、小声で言った。

「おれも、そう感じたよ」

「二手に分かれて道又亜未と二階堂さつきの両方に少し張りついてみません？」

「そうしたほうがよさそうだな」

浅倉は足を速めた。

筋の読み方を間違ってしまったのか。

3

浅倉は溜息をつきそうになった。チームが二手に分かれて道又宅と二階堂宅に張りついて三日目だった。

警戒しているからか、亜未も二階堂さつきも不審な動きを見せていない。いま浅倉は宮内とコンビを組んで、道又亜未の自宅を張り込み中だ。エルグランドの助手席に坐っている。

乾・蓮見班は、祖師谷の二階堂宅の近くで張り込んでいるはずだ。間もなく午前十一時になる。

「きょうも空振りに終わるんですかね」

宮内がステアリングを指先で叩きながら、焦(じ)れた口調で言った。

「辛抱強く待とうや」

「そうですね。リーダーの読みは外れていないと思いますよ。道又亜未か、二階堂さつきのどちらかが嘘をついてるんでしょう。いずれかが森下の精液を陽菜を殺った犯人(ホシ)に渡したんでしょう」

「そう推測したんだが、二人が動いてくれなきゃ、事件の加害者にたどりつけない」

「ええ、そうですね。そのうち、どっちかがボロを出すと思いますよ」

「そう願いたいな」

「また読みが外れてしまうかもしれませんが、どちらかと言えば、道又亜未のほうが怪しい気がします」

「なぜ、そう思う？」

浅倉は訊ねた。

「亜未は昔の彼氏だった森下の精子を十万円で買ってでも、自分の畑には問題がないと姑に示したかったんですよね？」

「そうだろうな」

「なかなか妊娠しなかったことで義母に辛く当たられたとしても、そうした背徳的なことは考えないでしょ？」

「一般的な人妻は、そこまで考えないだろうな」

「亜未はそういうことで森下の精子を手に入れたんでしょうが、それを使う気なんかなかったんではありませんか。最初っから、森下を陥れるつもりだったんだと思いますよ。といっても、亜未が森下に何か恨みを持ってたんではなく……」

「陽菜を殺害した犯人に協力しただけなんではないかってことだな？」

「はい、そうです。亜未が庇おうとした人間の顔が透けてきませんけどね。不妊治療の担当医の白石と不倫の仲だったとしたら、ドクターを捜査圏外に逃がしてやりたかったんでしょう。あるいは別の男と浮気してたので、そいつのために偽装工作の手伝いをしたんではないですか」

「なるほどな。二階堂さつきは、亜未から貰った森下の精液の量が少なかったと言ってた。その通りだとすれば、亜未はザーメンの大半を偽装工作に使い、残りを二階堂さつきに回したんだろう」

「リーダー、そうなのかもしれませんよ。亜未は自分が警察に疑われることを回避したくて、少量の精液をさつきにあげたんでしょう。ミスリードを狙ったと考えてもいいと思います。さつきは、森下のザーメンを本当に棄てたんでしょう。乾・蓮見班の張り込みを解除させてもいいんではありませんか?」

「もう少し大事を取ろう」

「わかりました」

宮内が口を結んだ。

その数分後、道又宅のガレージから真紅のアルファロメオが走り出てきた。イタリア車を運転しているのは亜未だった。サングラスをかけているが、本人に間違いない。

「アルファロメオを追尾してくれ」

浅倉は宮内に指示した。

イタリア車が遠ざかる。宮内はエルグランドを発進させ、慎重に尾行しはじめた。アルファロメオは新宿方面に走り、やがて『白愛会病院』の外来用駐車場に滑り込んだ。

「亜未は不妊治療を受けに来たようだな」

浅倉は宮内に言った。

「そうなんですかね？」

「産婦人科は何階にあるんだ？」

「二階です」

「おれは先に降りる」

「了解！」

宮内が駐車場の走路で車を一時停止させた。

アルファロメオが駐められた所から、三十メートルほど離れていた。すでに亜未は車を降り、病院の玄関に向かっている。

浅倉はエルグランドの助手席を離れ、亜未の後を追った。

亜未はサングラスを外さなかった。エントランスロビーに足を踏み入れ、エレベーターホールにたたずむ。

ほどなく亜未は函に乗り込んだ。エレベーターの扉が閉まって間もなく、宮内が駆け寄ってきた。

Rのランプが灯った。屋上だ。

不妊治療を受けにきたのではないらしい。

浅倉は、亜未が屋上に上がったことを宮内に教えた。宮内が小首を傾げる。浅倉たちコンビもエレベーターで屋上に上がった。

エレベーターホールから屋上をうかがう。亜未は給水タンクの脇に立っていた。サングラスは外されている。

浅倉たちは中腰で屋上に出て、すぐ物陰に身を潜めた。亜未は人待ち顔だった。

数分が過ぎたころ、白衣をまとった三十代半ばの男が現われた。造作は整っている。

「おい、担当医の白石信之じゃないか」

浅倉は声をあげた。宮内が黙ってうなずく。張り込む前に、班長から白石の顔写真をメール送信してもらっていた。

白石は亜未に歩み寄るなり、いきなり抱き寄せた。唇を貪りつつ、ヒップを揉む。亜未は拒まない。それどころか、体を白石に密着させて舌を絡めた様子だ。

二人は、ひとしきりディープキスを交わした。

顔と顔が離れる。亜未が指の腹で、白石の口の端に付着したルージュを拭った。

二人が親密な関係であることは、もはや疑いようがない。何か言い交わしているが、話し声は浅倉の耳まで届かなかった。

白石が白衣のポケットからキーホルダーを摑み出し、亜未に手渡した。担当医の自宅の鍵だろうか。

「二人が不倫関係にあることは確かですね。おそらく亜未は白石に頼まれて、森下の精液を手に入れたんでしょう。リーダー、二人を直に揺さぶってみましょうよ」

宮内が小声で言った。

「そう急くな。いま二人を揺さぶっても、大きな手がかりは得られないだろう。もう少し様子を見るべきだな」

「わかりました」

「駐車場に戻ろう」

浅倉は忍び足でエレベーターホールに戻った。宮内が従いてくる。

二人は一階に下り、病院の外に出た。エルグランドは、アルファロメオから四十メートルあまり離れた場所に駐めてあった。

浅倉たちは大股で歩き、捜査車輛に乗り込んだ。

少し待つと、亜未が表に出てきた。またサングラスで目許を覆っている。亜未はアルファロメオの運転席に入ると、すぐに発進させた。

「追尾します」

宮内がエルグランドを走らせはじめた。

真紅のイタリア車は二十数分走り、有栖川宮記念公園の向かいにある『ナショナル麻布マーケット』の専用駐車場に入った。買物客の半数以上が外国人という高級スーパーマーケットだ。

欧米の食料がほぼ揃っていることで知られている。ワインは常時、千二百種類は置いてあるらしい。亜未は馴れた足取りで店内に入っていった。ちょくちょく食材を買い求め、白石のために料理をしているのだろう。

「小用を足すついでに、亜未の様子を見てきます」

宮内が車を降り、外国人向けの高級スーパーマーケットの店内に消えた。浅倉は懐から刑事用携帯電話を取り出し、立花班長に捜査状況を伝えた。

「そういうことなら、亜未と担当医の白石信之は不倫の仲なんだろう。亜未が白石に頼まれて、森下の精液を手に入れたんだろうか」

「そう疑えなくはないんですが、森下と白石とは接点がないようなんですよ」

「別働隊に協力してもらって、その点を調べてみたんだ。両者は会ったこともないんで、利害関係はまったくないだろう。白石が森下を陽菜殺しの犯人に仕立てようとした動機はないはずだ。被害者は白石とは一面識もないわけだから、謎だらけだね」

「ええ」

「ただね、少し気になることがあるんだよ」

　立花がためらいがちに言った。

「どんなことが気になったんです？」

「白石信之の三つ違いの兄は渉という名なんだが、財務省のキャリア官僚なんだよ。東大法学部出のエリートだね。白石渉は四年ほど前から国有地の払い下げ部門の要職に就いてる」

「確か医療法人『白愛会病院』は、二年ほど前に都内の千数百坪の国有地を落札したんじゃないのかな」

「そうなんだよ。落札価格が相場の地価よりも二割ほど安かったので、一部のマスコミが入札に絡んで何か裏があったのではないかというニュアンスの報道をしたんだが、なぜか、その後は取り上げられなくなった。外部から圧力がかかったようだな」

「ええ、何か裏があったんでしょうね。それで不正入札に絡んだエリート官僚や族議員が慌てて火消しをしたんじゃないのかな」

「浅倉君と同じように考えたフリージャーナリストがいたんだよ。寺尾圭吾という名の硬骨漢なんだが、およそ六カ月前に無灯火のワンボックスカーに撥ねられて亡くなったんだ。享年四十二だった」

「『白愛会病院』が国有地を少しでも安く落札したくて、産科医の白石の兄貴、渉に働きかけさせたのかもしれませんよ。もちろん、白石兄弟には相応の成功報酬を払うという条件でね」

「浅倉君、そうだったのかもしれないぞ。ああ、考えられるね。推測通りならば、国有地の払い下げの不正の有無を調べてたフリージャーナリストが消されたことと繋がるじゃないか」

「ええ、そうですね。班長、小室陽菜は寺尾が轢き殺された犯行を目撃したのかもしれませんよ」

「あっ、そうか。そういうことも考えられるな。犯人は車で寺尾圭吾を撥ねて逃げるとき、陽菜に犯行を目撃されたことに気がついた。そして、彼女を尾けて名や自宅を調べ上げたのかもしれないな」

「ええ、多分」

「そして、四月七日の夜、轢き逃げ犯は渋谷駅に向かってる小室陽菜にカッターナイフか何かを突きつけ、事件現場に連れ込んで意識を失わせたんではないだろうか。浅倉君、違うかな？」

「寺尾圭吾を無灯火の車で撥ねて死なせた犯人が、小室陽菜を猟奇殺人に見せかけて殺したかどうかはわかりません」

「そうか、そうだね。別人の犯行だったかもしれないからな。ただ、陽菜が殺されたのは、犯罪を目撃したからと考えられるだろう？」

「ええ。フリージャーナリストが轢き逃げされたのを目撃したのかどうかは、まだ何とも言えませんが……」

浅倉は答えた。

「そうだね。まだ確証はないが、小室陽菜が見てはならないものを見てしまったとは考えられる」

「その可能性はありそうですね。ただ、こっちの勘では寺尾圭吾を車で轢き殺した奴と陽菜を始末した犯人は同一人物ではない気がします。いいえ、ひょっとしたら、同じ犯人なのかもしれません。故意に犯行の手口を違えただけでね」

「両方考えられるな。寺尾が轢き逃げされたのは、三月の中旬だった。小室陽菜が惨い殺され方をしたのは四月七日だから、日にち的には辻褄が合う」

「そうですね。しかし、いまの段階では陽菜が寺尾の事件を目撃したかもしれないと考えたのは単なる推測です。臆測と言ったほうが正しいかもしれません」

「どっちにしても、裏付けのある話じゃないね。橋爪刑事部長に寺尾の事件の調書を取り寄せてもらうよ」

「お願いします。二階堂さつきは本件には関与してないと判断してもいいと思いますので、乾・蓮見コンビには張り込みを切り上げさせます」

「そうしてくれないか。それで、乾君たち二人には小室陽菜の母親から改めて聞き込みをしてもらってほしいんだ。もしも陽菜が寺尾の轢き逃げのシーンを目撃してたら、家族には何か洩らしてるだろう。あるいは、不審者が小室宅の周辺をうろついてたとも考えられるからね」

「わかりました」

「わたしは、『白愛会病院』が払い下げてもらった国有地がどうなったか調べてみよう」

立花班長が電話を切った。

浅倉はいったん通話終了ボタンを押し、部下の乾に電話をかけた。スリーコールの途中で、通話可能状態になった。

「二階堂さつきは、陽菜の事件にはタッチしてないだろう。張り込みは終了だ」

「リーダーのほうに進展があったんすね？」

乾が問いかけてきた。浅倉は道又亜未が担当医の白石信之と不倫の間柄と思われることから伝えはじめ、立花班長と交わした会話も手短に話した。

「寺尾というフリージャーナリストは『白愛会病院』が落札した国有地の払い下げに何か不正があったと睨んで取材中だったというのなら、病院関係者が誰かに轢き逃げをさせたと思ってもいいんじゃないっすか。その犯行現場にたまたま居合わせた小室陽菜も、『白愛会病院』と関わりのある人間に口を封じられた疑いが濃いっすね」

「ああ、そうだな」

「国有地の不正払い下げには、白石信之の兄貴の渉が一役買ったんでしょうから、兄弟をマークすべきっすよ。弟の不倫相手の道又亜未はもっともらしいことを言って、森下の精液を手に入れたようっすから、白石兄弟を操ったのは『白愛会病院』の理事長か院長なんじゃないっすか」

「そのへんは、みんなで調べてみよう。乾、張り込み中に何もなかったな？」

「人事一課監察の脇坂主任監察官と部下の山際が今朝から、どうもおれを尾けてたみたいで二階堂宅に接近してきたんすよ」

「で、どうしたんだ？」

「二人が乗ってたプリウスに向かって走りだしたら、急いで逃げてったっす。連中が、うっとうしいんで、若月副総監から人事一課におれの調査は打ち切れって言ってほしいっすね」

「アジトに戻ったら、立花班長に相談してみるよ」

「了解っす。おれたち二人は、被害者宅に向かうっすね」

乾が電話を切った。浅倉はポリスモードを懐に戻した。

そのすぐ後、宮内がエルグランドのドアを開けた。

「道又亜未は、ステーキ肉を含めて高い食材をいろいろ買いました。高級ワインも買い込んでましたよ。白石から金を渡されたんでしょうが、勤務医はそんな高給取りじゃないはずですけどね」

「白石は財務省のキャリア官僚の実兄と結託して、国有地を『白愛会病院』に不正落札させ、少しまとまった謝礼を貰ったんだろうか」

「どういうことなんですか？」

「実は……」

浅倉は、立花班長との遣り取りをかいつまんで話した。

「小室陽菜は、フリージャーナリストの寺尾が轢き殺されるところを偶然に見てしまったのかもしれないんですね？」

「まだ推測の域を出ていないがな。寺尾は国有地の不正払い下げを取材してたようだから、『白愛会病院』の関係者が轢き逃げ事件に関与してる疑惑はあるね」

「ええ。産科医の白石は実兄に動いてもらって、『白愛会病院』に千数百坪の国有地を相場よりも安く落札させ、兄弟は謝礼を貰ったんでしょう。二人ともエリート視されてるんでしょうが、堕落してるな」

宮内が吐き捨てるように言った。

ちょうどそのとき、亜未が高級スーパーマーケットから出てきた。両手に大きな袋を提げている。亜未はイタリア車に乗り込むと、すぐに発進させた。宮内もエルグランドを走らせはじめた。

アルファロメオは数分後、南麻布四丁目にあるマンションの地下駐車場に潜った。八階建てのマンションは、フランス大使館の斜め裏にあった。

宮内はマンションの少し手前で車を停めた。浅倉は車を降り、入居者のような顔をしてマンションの集合インターフォンの前まで進んだ。

メールボックスに目をやる。五〇一号室のプレートには、白石と記されていた。産科医の自宅マンションだろう。

浅倉は踵を返した。

4

残照が弱々しくなった。

そのうち陽が落ちるだろう。真紅のイタリア車は、『南麻布アビタシオン』の地下駐車場から出てこない。

「亜未の夫は泊まりがけの出張で、今夜は帰宅しないのかもしれないな」

浅倉は、運転席に坐った宮内に言った。午後五時を回っていた。

「そうなら、亜未は白石の部屋に深夜までいるつもりなんだろうな。場合によっては、朝るでしょうから」

「そうだろうな」

「リーダー、これからの段取りを教えてください。白石が帰宅したら、マンションの非常階段から五階に侵入するんでしょ？　これまでに何度も、その手を使ってきましたからね。アラームを鳴らさない方法も心得てます」

「そうだが、迷ってるんだ」

「五〇一号室のドア・ロックは、ピッキング道具で簡単に外せると思いますよ。不倫カップルが素っ裸で抱き合ってたら、観念して口を割るでしょう」

「その手が効果的なのは確かだが、きょうは先に道又亜未を追い込もう。彼女は人妻なんだ。不倫のことが夫や姑に知られるのは困るだろう」

「そうでしょうね。亜未は夫と別れて白石と一緒になってもいいと思ってるんではないでしょうか。担当医にぞっこんって感じでしたから」

「亜未は白石にのめり込んでるんだろうな。しかし、白石は亜未のことは遊び相手のひとりと思ってるんじゃないだろうか。女好きの男は、そう簡単に年貢（ねんぐ）を納める気にはならないさ」

「リーダー、自分のことを言ってるんでしょ？」

「好きに考えてくれ。話を元に戻すぞ。亜未は夫よりも不倫相手にのぼせてるんだろうが、不倫で離縁されたくないと思ってるにちがいない。さんざん姑にいびられて、夫から慰謝料も貰えないわけだから、当分は現状のままで白石とつき合いたいと考えてるんじゃないか」

「そうかもしれませんね」

「亜未がアルファロメオで自宅に帰るようだったら、立ち往生させて不倫のことを切札にして迫る。おれは、そうしようと思ってるんだ」

「そのほうがいいかもしれませんね。住居侵入の反則技を使うのは、やっぱり後ろめたいですから」

「そうだな」

「道又亜未は不倫相手に頼まれて、森下の精液を手に入れたことを認めそうですね。昔の交際相手に殺人罪の濡衣を着せることには多少の抵抗はあったでしょうが、いまは白石に夢中なんだろうから、言いなりになったんでしょうね」

　宮内が口を結んだ。

　数秒後、浅倉の上着のポケットで刑事用携帯電話が着信音を響かせた。ポリスモードを手早く取り出す。発信者は立花班長だった。

「四谷署から寺尾の轢き逃げ事件の関係調書を取り寄せたよ。後で浅倉君にメール送信するが、アウトラインを教えておこう」

「どうぞ」

「寺尾は『毎朝日報』が国有地払い下げに絡む汚職の疑いがあると報じた直後から、『白愛会病院』の村瀬将司理事長、五十五歳の身辺を探りはじめてる。それから、財務省の若手官僚の白石渉の私生活も洗ってたようだ」

「村瀬理事長は自分の病院で働いてる産科医の白石信之を抱き込んで、国有地払い下げの入札に便宜を図ってくれるよう白石渉に伝えてもらったんでしょう。もちろん、白石兄弟に相応の謝礼を払うと言ってね」

「その疑いが濃かったんで、フリージャーナリストの寺尾は病院理事長と若手官僚をマークしてたんだろうな。どちらかが贈収賄の証拠を寺尾圭吾に押さえられたと思い、無灯火の車で寺尾を撥ねて死なせたのかもしれないぞ。といっても、村瀬と白石渉が自分の手を直に汚したとは思えないがな。きっと誰かに寺尾を片づけさせたにちがいない」

「ええ、そうなんでしょうね」

「関係調書に詳細は記述されてるが、翌日の午後に中野区内で発見された加害車輛のワンボックスカーは盗難車と判明した」

「班長、事件目撃者は何人かいたんですか？」

「小室陽菜が目撃証言をしてるかもしれないと期待してたんだが、今事案の被害者は事情聴取は受けてなかったよ」

「そうですか。しかし、そのことだけで陽菜が轢き逃げ事件を目撃してないとは断定できませんよね。犯行シーンを見ていなくても、事件に巻き込まれたかもしれないですから」

「そうだね。所轄署と本庁の交通機動隊が目撃者捜しに月日を費したんだが、未だに……」

「そうですか。とりあえず、タブレット端末のほうにメールを送っていただけますか」

「そうしよう。道又亜未に何か動きがあった？」

「ええ、ありました」

浅倉は経過を話して、電話を切った。

メールが送信されてきたのは数分後だった。浅倉は関係調書をじっくりと読んだ。

フリージャーナリストの寺尾が四谷の裏通りでワンボックスカーで轢き殺されたのは、去る三月十二日の夜だった。

通りかかった車のドライバーが車道の端に転がっていた寺尾に気づき、持っていたスマートフォンで一一〇番通報した。七分後にパトカーと救急車が現場に到着したが、被害者はすでに息絶えていた。頭蓋骨が陥没し、頸骨も折れていたらしい。即死に近かったのだろう。

歩道まで飛ばされた寺尾のショルダーバッグには、ＩＣレコーダー、取材メモ、デジタルカメラが入っていた。しかし、轢き逃げ事件の手がかりになるような物はなかった。

「轢き逃げ事件の調書だよ」

浅倉は、タブレット端末を隣の宮内に渡した。宮内がディスプレイの文字を追いはじめる。

彼が事件調書を読み終えたとき、『南麻布アビタシオン』の真ん前にタクシーが停止した。浅倉は視線を延ばした。タクシーから降りたのは白石信之だった。白石は足早に自宅マンションの中に消えた。

「不倫カップルは夕食後、一緒にシャワーを浴びて寝室で烈しく求め合うんでしょうね」

宮内が言った。

「急に美人スポーツインストラクターに会いたくなったんだったら、おれひとりで張り込みをつづけてもいいぞ」

「任務を途中でほうり出したりしませんよっ」

「むきになるなって。ちょっとした軽口じゃないか。それより、関係調書に小室陽菜の名は載ってなかったが、宮内はどう思う？　陽菜は、寺尾が撥ねられた瞬間は見てなかったんだろうか」

「断定的なことは言えませんが、多分、陽菜は犯行現場にいたんでしょうね。乾・蓮見班は、まだ陽菜の家にいるかもしれませんよ。どちらかに電話をしてみてはどうでしょう？

いまも二人が小室宅にいたら、陽菜が三月十二日の夜、四谷あたりにいたかどうかを母親に訊いてもらってくれませんか」

「そうしてみよう」

浅倉は懐から刑事用携帯電話(ポリスモード)を摑み出し、乾に電話をかけた。ツーコールで、電話は繋がった。

「まだ小室宅にいるのかな？」

「さっきまでお邪魔してたんすよ。陽菜のおふくろさん、お寺に行ってたとかで留守だったんす。帰ってくるのを待って、おふくろさんに話を聞かせてもらいました。陽菜は三月の十何日かから、何かに怯(おび)えるようになったらしいんす。けど、おふくろさんにはその理由(わけ)を言わなかったみたいっすよ。あっ、そのころ、陽菜は祐天寺(ゆうてんじ)駅から家まで走って帰ってきた晩があったようっす。痴漢っぽい男に尾(つ)けられてる気がすると母親には言ったそうなんすけど、そうだったのかな。陽菜は誰かに拉致(らち)されそうになったんじゃないっすかね。そう思ったのは、その前に小室宅の固定電話に何回か無言の……」

「無言電話があったんだな？」

「ええ。おふくろさんは森下の厭がらせかもしれないと言ってたんすけど、陽菜たち二人が別れたのは一年以上も前のことです。だから、おれ、そうじゃないと思ってるんすよ」

「森下の厭がらせ電話じゃないだろうな。フリージャーナリストの寺尾が四谷の裏通りで無灯火のワンボックスカーに轢き殺されたのは、三月十二日の夜だ」

「ええ。陽菜が怯えるようになったのは、そのころからっすよ」

「立花班長に取り寄せてもらった寺尾の事件の調書には目撃証言はゼロと記されてたが、陽菜は事件現場にたまたま居合わせ、犯行の一部始終を見てたんじゃないだろうか」

「多分、そうなんでしょうね。轢き逃げ犯と陽菜は、まともに目を合わせたのかもしれないっすよ。それで陽菜は怖くなって、急いで現場から遠のいたんでしょう。けど、轢き逃げ犯は陽菜を尾行して、名前と住所を突きとめたんじゃないっすか」

「そう考えてもよさそうだな」

「おれたち、陽菜と一番仲がよかった友人の家に向かってるところっす。その彼女は曽根真矢という名で、陽菜が殺されたときはまだオーストラリアに語学留学中だったんすよね。でも、二人はメールでちょくちょく近況を報告してたらしいんす。半月ほど前に帰国して吉祥寺の親許にいるという話なんで、蓮見と曽根宅に向かってるんすよ」

乾が言った。

「その彼女から何か手がかりを得られるといいな」

「そうっすね。道又亜未は何かボロを出しました？」

「少し動きがあったよ」

浅倉は経過をかいつまんで話した。

「白石の部屋に押し入って、不倫カップルを締め上げれば、捜査は大きく前進するんじゃないっすか」

「宮内も同じことを言ってたが、陽菜殺しとフリージャーナリスト轢き逃げ事件はリンクしてそうだし、その裏には汚職が横たわってんだろう」

「国有地の払い下げのことっすよね、汚職って？」

「そうだ。『白愛会病院』の村瀬理事が若手官僚の白石渉を抱き込んだだけで、都内の国有地千数百坪を相場の地価より安く落札できるわけない」

「そうっすよね。財務省高官や大物政治家が不正入札に関与してるんじゃないっすか？」

「おそらく、そうなんだろうな。小悪党ばかり捕まえても、肝心の黒幕を取り逃がしたら、おれたちの敗北だ」

「そうっすね」

「だから、今回は慎重に犯罪者どもを追い詰めたいんだ。違法捜査を重ねれば、割に早く真相に迫ることができるだろう。しかし、派手に動いた分、首謀者に警戒されることになりそうだからな」

「ええ」

「だから、あまり荒っぽい捜査は慎むべきだろう」

「そのほうがいいっすね。曽根真矢から新情報を得たら、班長とリーダーに報告するっすよ」

乾が電話を切った。

浅倉は、乾・蓮見コンビが吉祥寺に住む陽菜の親しい友人に会いに行ったことを宮内に伝えた。むろん、二人が被害者の友人宅に向かった理由も話した。

「陽菜は、その真矢って娘には何に怯えてたか教えてたかもしれませんね」

「だといいがな。それはそうと、亜未が帰宅するにしても、何時間も後だろう。おれ、何か夜食を買いに行ってくるよ」

「リーダーにそんなことはさせられません。自分が買い出しに行くのはかまわないんですが、この近くにコンビニはなさそうですね。こんなこともあるだろうと思って、ラスク、ビーフジャーキー、チーズなんかを買っておいたんですよ。少しは空腹感をなだめられるでしょう」

宮内が上体を捻って、後部座席から紙袋を摑み上げた。

「気が利くな」

「腹が減っては戦はできませんからね。缶コーヒーもあります」

「それじゃ、ご馳走になるか」

浅倉は、宮内が差し出した食べ物と缶コーヒーを遠慮なく受け取った。二人はコーヒーを飲みながら、ラスクやビーフジャーキーを口に運んだ。

乾から浅倉に電話がかかってきたのは午後七時数分前だった。

「何か収穫があったか？」

浅倉は開口一番に訊いた。

「あったすよ。小室陽菜は三月十二日の夜、四谷の裏通りで轢き逃げ事件を偶然に目にしたことを留学中だった曽根真矢に電話で話したそうっす」

「お手柄じゃないか。それで？」

「真矢は、そのことをなぜ警察関係者に言わなかったんだと陽菜に訊いたそうっすよ。そうしたら、陽菜は街灯のほぼ真下にいたんで、轢き逃げ犯にまともに顔を見られてしまったんだと答えたらしいんす。怖くなって陽菜は事件現場から逃げだしたというんすよ。すると、ワンボックスカーの助手席から黒いスポーツキャップを目深に被った男がものすごい勢いで追っかけてきたそうなんす。陽菜は運よく通りかかったタクシーに飛び乗って、目黒区五本木の自宅に逃げ帰ったそうっすよ」

「追っ手を振りきったと安心してたんだろうが、スポーツキャップを被った男は別のタクシーを拾ったようだな。そして、陽菜の自宅を突きとめたんだろう。だから、その後、不審者を見かけたり、家に無言電話がかかってきたんじゃないか」

「陽菜も追っ手を撒いたと思ってたようっすけど、尾けられて自分の身許を轢き逃げ犯の共犯者に割り出されたみたいだと親友の真矢に言ってたそうっす。陽菜が事件を目撃したのは、会社を辞めた元同僚の自宅マンションに遊びに行った帰りだったらしいんすよ」

「その元同僚の氏名を曽根真矢は、陽菜から教えてもらってたのかな？」

「教えてもらってたっすよ。元同僚は梶由起という名で、須賀町のワンルームマンションに住んでるという話でした。これから、おれたち二人は梶由起に会いに行くっすよ。別に問題ないすよね？　班長には、真矢から聞いた話を報告済みっすから」

「そうしてくれないか」

「了解っす」

乾の声が途絶えた。浅倉は刑事用携帯電話を上着の内ポケットに戻し、乾から聞いた話を宮内に伝えた。

「リーダーの読み通りでしたね」

宮内が嬉しそうに指を打ち鳴らした。浅倉は笑顔を返したが、まだ捜査は半ばだ。手放しで喜ぶことはできなかった。

長い時間が流れた。

真紅のアルファロメオが『南麻布アビタシオン』の地下駐車場から走り出てきたのは、午前零時数分前だった。ハンドルを握っている亜未のほかは誰も乗っていない。

イタリア車の尾灯が闇に吸い込まれそうになってから、宮内はエルグランドを発進させた。車間距離が縮まったとき、脇道から白いライトバンがいきなり飛び出してきた。

宮内が短い声をあげ、ブレーキペダルを強く踏む。浅倉は前にのめったが、フロントガラスに額をぶつけることはなかった。

「すみません」

宮内が浅倉に詫び、ヘッドライトをハイビームにする。ライトバンは道路を塞ぐ形で停まっていた。アルファロメオは、もう闇に紛れて見えない。

「どうやら追尾を妨害したようだな。油断するなよ」

浅倉は宮内に言って、シートベルトを外した。宮内が倣う。

白いライトバンから、アイスホッケーのマスクで顔を隠した男たちが出てきた。片方は金属バット、もうひとりは木刀を握っている。

「奴らを制圧しよう」

浅倉はグローブボックスから、二挺のテイザーガンを摑み出した。

電極発射型の高圧電流銃だ。銃弾の中に電線付きの電極針が内蔵されていて、引き金を絞っている間は最大百三十万ボルトの電流が標的に送り込まれる。

アメリカの警察官はテイザーガンを携行しているが、日本では使用が禁じられていた。

一挺を宮内に渡す。

男たちが突進してきて、エルグランドの両側に回り込んだ。

浅倉たちは、ほとんど同時にパワーウインドーを下げた。テイザーガンの銃口を暴漢の胸部に向け、引き金を絞る。

放った銃弾が割れ、二本の電極針が標的に刺さった。助手席側の男が先に呻き声を発し、横倒しに転がった。

宮内に撃たれた男は突風に煽られたような感じで宙を泳ぎ、路面に倒れ込んだ。高圧電流を体に送られると、全身の筋肉が硬直する。どんな屈強な男でも立っていられない。

浅倉はテイザーガンを握ったまま、助手席のドアを押し開けた。宮内も同じように車の外に出た。

浅倉は、足許に転がっている男の白いマスクを剝がした。

三十歳前後だろう。崩れた印象を与えるが、組員ではなさそうだ。数分待つと、男が上体を起こした。

「さらに高圧電流を浴びせられたくなかったら、訊かれたことに素直に答えるんだな。誰に頼まれて、アルファロメオを逃がしてやったんだ?」

「ネットの裏サイトに本名を書き込む人間はいないと思うぜ。依頼人は中村と自称してたよ。『南麻布アビタシオン』から真紅のアルファロメオが走り出てきたら、その車を追尾する車輌の進路を防いでくれって頼まれたんだ」

「おまえらは裏便利屋らしいな」

「ああ、そうだよ。謝礼は明日、指定した口座に振り込まれることになってたんだけど、失敗踏んじゃったから、金は貰えないかもしれないな」

「参考までに名前を訊いておくか」

「おれは井家上、仲間は浦賀っていうんだ。おれたちをどうする気なんだよ？　あんたたちのことを依頼人は刑事かもしれないと言ってたけど、おれたち、手錠打たれちゃうの？」

「今回は見逃してやろう。二人とも車に戻れ！」

浅倉は、井家上と称した男の腰を軽く蹴った。井家上は金属バットを放置したまま、ライトバンに向かって歩きだした。

宮内に急かされ、浦賀もライトバンに向かった。

「中村という名を騙ったのは、白石信之と考えてもいいだろう」

「自分も、そう思います。白石は道又亜未を説得して、しばらく身を隠せと言ったんじゃないですかね？」

「宮内の予想は当たってるだろうが、念のため、道又宅に行ってみよう」

浅倉は助手席に乗り込んだ。

早くも白いライトバンは走りだしていた。宮内が運転席に坐り、テイザーガンを差し出した。

浅倉は受け取り、二挺重ねてグローブボックスに収めた。

第四章　策謀の綻び

1

道又宅に到着した。

玲奈がスカイラインを路肩に寄せ、エンジンを切る。亜未に逃げられた翌朝だ。十時過ぎだった。

「昨夜の報告の確認なんだが、殺された陽菜が三月十二日の晩、元同僚の梶由起のワンルームマンションにいたことは間違いないんだな？」

浅倉は確かめた。

「と思います。乾さんが何度も念を押してましたし、梶由起が嘘をついてるようにも見えませんでしたので」

「そうか。陽菜が辞去すると、梶由起はすぐ風呂に入った。湯船に浸っているとき、外から衝突音がかすかに聞こえたってことだったな？」

「ええ、そうです。入浴中だったので、陽菜の元同僚は表には出られなかったそうです。ですけど、数日後、陽菜から電話があって……」

「それで？」

「ワンルームマンションの近くで、轢き逃げの犯行シーンを目撃したと言ったんだそうです。無灯火のワンボックスカーが歩行中の四十年配の男を撥ねたとはっきり言っていましたので、被害者はフリージャーナリストの寺尾圭吾に間違いないでしょう」

「だろうな。その寺尾は、国有地払い下げの入札絡みの不正を取材してた。『白愛会病院』の産科医である白石信之の実兄は財務省の若手官僚で、しかも国有地払い下げの仕事をこなしてた」

「ええ。病院理事長の村瀬将司が白石兄弟を抱き込んで、港区内にあった国有地千数百坪を安く落札したことは確かでしょうね。村瀬は国有地の不正落札を寺尾圭吾に知られてしまったので、大いに焦ったと思います。不正落札には若手官僚の上司や族議員も関与していたと考えられますから、村瀬が破滅するだけでは済みませんでしょう？」

「そうだな。高級官僚や大物政治家に迷惑をかけるわけにはいかないんで、村瀬理事長は寺尾圭吾を誰かに始末させたんだと考えられるな」

「ええ。本事案の被害者は、たまたま寺尾がワンボックスカーに撥ねられるシーンを目撃してしまった。だから、猟奇殺人に見せかけて殺害されてしまったのでしょう」

「大筋はその通りだろうな」

「リーダー、陽菜を葬（ほうむ）ったのは白石信之だとは考えられませんか？」

玲奈が言った。

「そう思った理由（わけ）を教えてくれ」

「はい。二階堂さつきの証言によると、道又亜未が分けてくれた森下の精液は量が少なかったという話でしたよね？」

「そうだったな」

「亜未は二階堂さつきに森下の精液を譲る前に、半分以上の精子を不倫相手の白石信之に渡したんではありませんかね。白石は産科医ですから、精子をより長く保（も）たせる知識もあったはずです。働いている病院にはマイナス百五十度以下の冷凍タンクもあるでしょう」

「ああ、不妊治療をしてるわけだからな。不妊治療を受けてる夫婦の卵子や精子を職場で冷凍保存してるにちがいない」

「ええ。白石が預かってる精子のどれを悪用してもレイプの偽装はできますけど、森下の精液を使えば、捜査の目を逸（そ）らすことはできます。森下は被害者にフラれたわけですから、犯行動機もなくはないでしょ？」

「そうだな」

「白石は帝王切開などでメスを使い馴れているはずです。被害者の乳首や性器の一部を削(そ)ぎ落とすことには、それほど抵抗なかったでしょう」

「真犯人(ホンボシ)が白石信之かもしれないとは思いもしなかったな。社会的地位を得たインテリ層は保身本能が強く、臆病(おくびょう)で狡猾(こうかつ)な人間が多い。自分の手を汚すことはあり得ないと思い込んでたが、何か大きな見返りがあったら、汚れ役も引き受けるかもしれないな」

「ドクターなら、クロロホルムも簡単に勤め先から無断で持ち出せますよね？」

「と思うよ。宮内・乾班が白石に早朝から張りついて、不倫のことをちらつかせ、揺さぶりをかけることになってる。白石は案外、あっさりと陽菜を殺害したことを白状するかもしれないぞ」

「それを期待したいですね」

「寺尾圭吾を撥ねたワンボックスカーには、二人の男が乗ってたようだ。そいつらは、『白愛会病院』の村瀬理事長に雇われた犯罪のプロっぽいな」

「そうなんでしょうね」

「前夜、道又亜未は自宅に帰ってないことは確認済みなんだが、夫か姑に居所(いどころ)を教えてるかもしれない。蓮見、亜未の義母に会ってみよう」

浅倉は言って、先に助手席を出た。玲奈も運転席を離れる。

二人は道又宅に向かった。

姑が庭で植木の小枝を払っていた。玲奈がにこやかに声をかける。

「おはようございます」

「あなた方は？」

「警視庁の者です」

浅倉は警察手帳を呈示して、姓だけを名乗った。玲奈も苗字を告げる。

「息子さんのお嫁さんは外泊されたようですが、まだ戻られませんか？」

「嫁が、亜未が何か警察沙汰を起こしたんですか？」

姑が言いながら、門扉に近づいてくる。花鋏を握ったままだった。

「そういうことじゃないんですよ」

浅倉は首を左右に振った。

「嫁の知り合いが何か事件に巻き込まれたの？」

「ええ、まあ。参考までに確認させてもらいたいんですが、亜未さんは『白愛会病院』で不妊治療を受けてますでしょ？」

「ええ。担当医の白石というドクターは、どうしようもないヤブね。うちの息子の精子が並の男性よりも、ずっと少ないと言ったらしいんですよ。そんなの、誤診に決まってます。倅はとても健康なんです。嫁の卵巣に何か問題があって、なかなか子供ができないのよ。息子に何か欠陥があるわけないわ」

「そのことは別の機会にでも、ゆっくりうかがいましょうか。亜未さんは昨夜(ゆうべ)、どちらに泊まられたんです？」

「練馬(ねりま)の実家のお母さんの体調がすぐれないと言って様子を見にいったはずなんだけど、それは嘘(うそ)だったんですよ。嫁は実家にいませんでした。わたし、知らんぷりもできないんで、亜未の実家に電話したの。そうしたらね、当の母親が受話器を取ったのよ。とっても元気そうだったわ」

「そうですか」

「きのうは息子、一泊の予定で神戸(こうべ)に出張したんですよ。手がけてる商業ビルの設計のことで施工主(せこうぬし)と最終的な打ち合わせがあったらしいの。それで、上司の方と一緒に……」

「そうでしたか」

「倅が泊まりがけの出張に行ったのをいいことに、どこかで羽(はね)を伸ばしたんじゃないかしら？　ひょっとしたら……」

亜未の義母が言いかけて、慌(あわ)てて口を噤(つぐ)んだ。玲奈が冗談めかして言った。

「まさかお嫁さん、誰かと浮気旅行に出たんじゃありませんよね？」

「警察は、もう知ってるの⁉　あなた、わたしに鎌をかけたんじゃない？」

「いいえ、そうではありません」

「隠さなくてもいいのよ。嫁は不妊治療を受けにいくとき、だいぶ前から妙にめかし込んで香水をつけるようになったの。そのことを息子に話したんだけど、嫁が浮気なんかするわけないって取り合おうとしなかったんです」

「そうなんですか」

「でもね、わたしは怪しいと思った。で、倅には内緒で探偵社に嫁の素行調査を依頼したんです。調査員の方は亜未の不倫の決定的な証拠は押さえられなかったんだけど、ヘボ医者の白石信之と親しげに話し込んでたと報告してきたの。亜未は息子とわたしの目を盗んで、白石って医者と浮気してるにちがいないわ」

「考えすぎではありませんか？」

「ううん、きっとそうよ。わたしの目に狂いはないわ。でも、それなら、それでもいいの。妻が不貞を働いたら、息子は慰謝料を払わずに亜未を追い出せるわけだから。あっ、白石が何か悪いことをしたんでしょ？　人妻に手を出すような男は法律やモラルなんかどうとも思ってないんだろうから、犯罪に走ってもおかしくないわ」

「そのドクターが何か事件を起こしたわけでもないんですよ」

「あら、そうなの」

亜未の義母ががっかりしたような表情を見せた。

これ以上粘（ねば）っても、意味ないだろう。浅倉はそう判断して、かたわらの玲奈に目配（めくば）せした。

コンビは亜未の姑に謝意を表し、スカイラインに乗り込んだ。助手席のドアを閉めたとき、乾から浅倉に電話がかかってきた。

「白石信之は欠勤してるんすよ。体調がよくないんで、二、三日休ませてほしいと事務局に今朝八時半ごろに連絡があったらしいんす。で、南麻布の自宅マンションに回ってきたんすよ。けど、いくらインターフォンを鳴らしても応答はありませんでした。白石、居留守を使ってるんすかね？」

「いや、部屋にはいないんだろう。亜未も自宅に戻ってない。おそらく二人はどこかで深夜に落ち合って、何日か潜伏する気になったんじゃないか」

「そうなんすかね」

「乾、立花班長に連絡してNシステムで亜未のイタリア車のルートを調べてもらってくれないか」

「了解っす。でも、無駄になるかもしれないっすよ。亜未だって幹線道路のあちこちにNシステムが設置されてることは知ってるでしょうから、アルファロメオをどこかの有料駐車場に預けて……」

「潜伏先にタクシーで向かうかもしれないな。白石もマイカーは使わないと思われる。無駄になるかもしれないが、一応、班長にNシステムをチェックしつづけてもらってくれ」

「はい」

「おまえと宮内は財務省に回って、白石渉に張りついてくれないか。弟が兄貴に連絡を取るとも考えられるからな」

「そうっすね」

「おれと蓮見は、目黒区五本木の陽菜の生家に行く。梶由起の証言で陽菜が轢き逃げ事件を目撃したことは裏付けられたが、それだけではちょっと弱いんでな」

「ええ、確かに。捜査本部が小室家から資料として借りた物の中には、その類の物品はなかったはずっすよ」

「おれたちが貰った捜査資料の中に、そうした動画があったとは記載されてなかったよな？」

「そうっすね」

「もしかしたら、小室陽菜は寺尾圭吾が無灯火のワンボックスカーに撥ね跳ばされた場面を動画撮影した可能性もあると考えたのかもしれないぞ。若い連中が街中で何か事故や事件が起こると、よく動画撮影してるじゃないか」

「そうっすね。そうした野次馬が撮影した火事や多重交通事故の動画がテレビ、ネットに流されてる。リーダーが言ったように、陽菜が犯行場面をスマホかデジカメに収めたとも考えられるっすね」

「そうだろ？　しかし、陽菜はワンボックスカーの轢き逃げ犯にまともに顔を見られてしまった。そして、自分の名前と住まいを突きとめられたと思われる」

「で、陽菜はビビってしまった。家族にも、轢き逃げを目撃したことは話せなかった。もちろん、警察にもね。けど、陽菜はそのことを胸の中に隠しておくことが辛くなってきたんじゃないっすか？」

「多分、そうなんだろう。で、陽菜は親友の曽根真矢と元同僚の梶由起には打ち明けたんだと思うよ。しかし、目撃したことを警察関係者に話したら、轢き逃げ犯たちと繋がりのある人間に何か仕返しをされると竦んでしまったんだろうな」

「そうなんでしょうね」

「とにかく、小室宅に行ってみる。問題の動画が故人の部屋のどこかに隠されてるかもしれないからな」

「そうっすね。おれたち二人は、ずっと白石渉の動きを探ってればいいんでしょ？」

「ああ、そうしてくれないか。おれたちは小室宅を辞したら、『白愛会病院』の村瀬理事長をマークする」

浅倉は電話を切り、通話内容を玲奈にかいつまんで話した。

「白石信之は勤務医ですので、開業医ほど高収入は得てないでしょうね。それにまだ三十代ですから、別荘は持ってないと思います」

「だろうな。しかし、貸別荘がほうぼうにあるし、首都圏には家具付きのウイークリーマンションやマンスリーマンションもある」

「白石と亜未が陽菜殺しに関わってるとしたら、しばらく二人はリースマンションに潜伏する気なのかもしれませんよ。そして、捜査員が迫る前に高飛びする気でいるんじゃないのかしら？」

「とにかく、まず小室宅に行こう」

「はい」

玲奈がエンジンを始動させた。

最短コースを選んで、目黒区の五本木をめざす。幹線道路の渋滞に巻き込まれると、玲奈は車を脇道に乗り入れた。

小室宅に着いたのは四十数分後だった。玲奈がインターフォンを鳴らすと、陽菜の母親の多恵(たえ)が現われた。五十二、三歳で、ふくよかな体型をしている。色白だ。

浅倉は自分たちが捜査本部の支援要員であることを明かし、来訪の目的を告げた。多恵が快諾(かいだく)して、浅倉と玲奈を二階に導(みちび)いた。

故人が生前使っていた六畳の洋室は、小ざっぱりとまとめられている。壁際にシングルベッドが置かれ、その横にはドレッサーが据(す)えてあった。

反対側にはパソコンデスク、ＣＤコンポ、テレビ、書棚が並んでいる。窓の真横には、洋服箪笥(だんす)が置いてあった。

「娘が生きてたときの状態にしてあるんですよ。どこを検(しら)べてもらっても結構です。何か手がかりになる物が見つかることを祈っています。わたしは階下(した)にいますので、ご用がありましたら、声をかけてくださいね」

被害者の母親が浅倉たちに言って、部屋から出ていった。

「まずUSBメモリーのチェックをしてみますね」

玲奈がパソコンデスクに向かった。

浅倉は本棚の前に屈(かが)み込み、一冊ずつ単行本を抜き取ってみた。文庫本は数冊まとめて棚から引き抜く。残念ながら、本の裏には何も隠されていなかった。

「手がかりになりそうな物は保存されてませんね」

玲奈がパソコンデスクを離れ、洋服箪笥の扉を開けた。

浅倉はCDミニコンポの前に坐り、CDケースの中を検(あらた)めた。DVDをチェックしてみたが、デジタルカメラに使うようなSDカードはどこにもなかった。

浅倉はテレビ台の前に移った。そのすぐ後、玲奈が叫んだ。

「リーダー、ランジェリーを入れてある引き出しの奥にスマートフォンが隠すように……」

「充電しなくても、画像や動画を再生できそうか？」

浅倉は立ち上がって、玲奈に歩み寄った。

「バッテリーは切れてないようです」

「なら、保存されてる動画を再生してみてくれ」

「はい」

玲奈が手早く操作し、ほどなく手を止めた。

「鮮明とは言えませんけど、問題の轢き逃げシーンの動画が映っています。といっても、寺尾圭吾が撥ね跳ばされた場面ではなく、車道の端に落下するところから動画撮影されてるんですけど」

「ちょっと観(み)せてくれないか」

浅倉は言った。

玲奈がスマートフォンを差し出す。浅倉はスマートフォンを受け取り、問題の動画を再生させた。

小室陽菜が三月十二日の夜、元同僚宅の近くの裏通りで寺尾圭吾が無灯火のワンボックスカーに撥ねられた場面を目撃したことは立証された。そのことで、被害者は命を奪われることになったにちがいない。

「このスマホを借りて引き揚(あ)げよう」

「はい。リーダー、収穫がありましたね」

「ああ、一歩前進だな」

浅倉は頬を緩めた。

「村瀬理事長のオフィスに行く前に、寺尾圭吾の奥さんに会いに行きませんか？　陽菜がスマホのカメラで撮影した動画を奥さんに観せたら、ひどくショックを受けるでしょうけど、わたしたちの支援捜査には全面的に協力してくれると思うんですよ」

「そうだろうな」

「うまくしたら、捜査本部が把握していない新情報を与えてくれるかもしれません」

「予定を変更するか。先に寺尾の妻に会うことにしよう。寺尾宅は横浜の日吉本町にあるんだったな？」

「ええ、そうです。奥さんの名前は郁代さんだったと思います」

「蓮見は記憶力がいいな。おれは、そこまで憶えてなかったよ」

「相手が独身の女性だったら、リーダーはちゃんと名前を記憶してたんじゃありません？　冗談はともかく、寺尾宅に行く前に早目に昼食をどこかで摂りましょうよ」

玲奈が提案した。浅倉は同意して、故人の部屋を出た。

坂道を登り切る。

2

目的の『日吉スカイレジデンス』は丘の上にあった。八階建てで、南欧風の外観だった。オレンジ色のスペイン瓦が目に鮮やかだ。外壁は真っ白だった。

「車はマンションの外周路に駐めても、別に問題ないだろう」

浅倉は玲奈に声をかけた。玲奈がうなずき、スカイラインを少し先の路肩に寄せる。

「寺尾郁代さんはフリーのコピーライターですので、多分、自宅にいると思いますよ」

「だろうね。子供はいないんだったよな？」

「ええ」

「子供がいたら、奥さんは子育てに苦労することになっただろう」

「そうかもしれませんね。男女雇用機会均等法ができて久しいですけど、まだ男社会ですので。寺尾さんの奥さんは仕事には恵まれているようですけど、子供を抱えてたら、大変だったと思います」

「そうだろうな」

浅倉は助手席から降りた。殺人事件の被害者の遺族に会うたびに、いつも気持ちが暗くなる。理不尽な死に方をした姉のことを思い出すからだ。

「もう午後一時半ですんで、奥さんは昼ご飯を食べ終えてるでしょう」

運転席から出た玲奈が小走りに駆けてくる。ゆさゆさと揺れる乳房から、浅倉は目を逸らした。

交際相手のいる部下に邪な気持ちは持っていなかった。思わず玲奈の胸に目をやってしまったのは、十日ほど柔肌に触れていなかったせいだろう。

珍しいことだった。浅倉は最低週に一度は行きずりの女性やホステスとワンナイトラブを娯しんできた。時には、コールガールとも肌を重ねている。

浅倉は十日前、六本木のワインバーで息を呑むような二十七、八歳の美女と知り合った。彼女は恋人と喧嘩別れをしたとかで、ハイピッチでグラスを重ねた。

好みのタイプだった。打ち解けると、相手は身を寄せてきた。脈はありそうだった。

浅倉は別の酒場で飲み直そうと誘ってみた。美女は誘いに乗ってきた。ちょうどそのとき、彼女の彼氏が店に飛び込んできた。恋人は美女にひたすら詫びた。

美女はあっさりと機嫌を直し、彼氏と腕を組んで酒場から出ていった。浅倉は梯子を外されて、いつになく女の肌が恋しくなった。

売春クラブの女と高級ラブホテルで戯れた。相手は美しかったが、きわめてビジネスライクだった。

浅倉は娼婦と遊んだことを悔やんだ。そのときの虚しさが尾を曳き、馴染みのハントバーに行く気になれなかったのである。

「急に無口になりましたけど、リーダー、どうしたんですか？」

玲奈が訝しんだ。

「いや、なんでもない」

「男性が不意に黙り込んだりしたときは、エロいことを考えてるんじゃありません？」

「つき合ってる化学技官がそうなのか？」

「いまの質問、セクハラになると思います」

「蓮見は小娘じゃないから、本気でめくじらを立てたりしないよな？」

「リーダー、狡いですよ。そんなふうに先手を打たれたら、騒ぎたてられなくなります」

「そうだな。ごめん！」

浅倉は詫びて、顎をしゃくった。

コンビの二人は外周路を三十メートルほど歩き、『日吉スカイレジデンス』の玄関に向かった。出入口はオートロック・システムになっていた。玲奈が集合インターフォンの前に立つ。寺尾宅は七〇一号室だ。

玲奈が部屋番号を押す。

ややあって、スピーカーから女性の声で応答があった。

「どなたでしょう？」

「警視庁の蓮見と申します。失礼ですが、寺尾郁代さんでいらっしゃいますか？」

「はい、そうです」

「わたし、特命捜査対策室別室に所属しているのですが、四谷署の捜査本部に協力してるんですよ」

「何か捜査に進展があったようですね？」

「そうなんです。ようやく目撃者が見つかったんですよ。ですけど、その方は四月七日に殺害されてしまいました」

「まあ、なんてことなんでしょう」

「目撃者は、ご主人がワンボックスカーで撥ねられた直後からスマートフォンで動画撮影していたんです。そんなことで、改めて捜査に協力していただきたいんですよ」

「全面的に協力させてもらいます。いまオートロックを解除しますので、七階までお上がりください」

スピーカーが沈黙する。

浅倉たちはエントランスロビーを斜めに進み、エレベーターに乗り込んだ。七階に上がると、寺尾の妻が部屋の前で待っていた。理智的な顔で、眼鏡をかけている。中肉中背だ。

浅倉たちはＦＢＩ型の警察手帳を見せた。

郁代が来訪者を犒い、自宅に請じ入れた。間取りは３ＬＤＫだった。浅倉・蓮見コンビは居間に通された。

「いま、お茶を淹れますね」

「どうかお構いなく」

浅倉は郁代に言って、長椅子に腰かけた。玲奈が浅倉の横に坐る。郁代は少し迷ってから、玲奈の正面のソファに腰を据えた。

玲奈がバッグの中から、小室陽菜が使っていたスマートフォンを取り出した。

「それは、目撃者の方が使っていた物なんですね？」

「そうです。奥さんには辛い動画でしょうが、再生しますね」

「はい、お願いします」

郁代の表情が引き締まった。玲奈がスマートフォンのディスプレイを郁代に向ける。郁代がすぐに口に手を当てた。

「撥ね跳ばされた男性は、ご主人に間違いありませんね？」

浅倉は確かめた。

「はい。走り去るワンボックスカーは小さく映ってますけど、轢き逃げ犯の姿は……」

「残念ながら、映ってませんでした」

「この動画を撮影した方は、犯行直後にスマホのレンズを向けたために殺されることになってしまったんですか？」

「はい、そう思われます。ワンボックスカーの助手席に乗ってた男が目撃者に気づいて、タクシーに乗った撮影者を別のタクシーで追い、名前と自宅を突きとめたようです」

「お気の毒に」

「目撃者は小室陽菜という二十五歳のＯＬだったんですが、四月七日の夜、渋谷の神社の境内で猟奇的な殺され方をしたんですよ」

「その事件のことは記憶に残っています。体を穢(けが)されてから、結束バンドで絞殺されたんでしたよね？」

「ええ、そうです。まだ断定はできませんが、被害者は性的暴行は受けていないようです。犯人はレイプ殺人事件に見せかけたんでしょうね。遺留精液から容疑者を割り出したんですが、その男は濡衣を着せられそうになったようなんです」

「頭が混乱して、よく理解できません」

郁代がそう言って、玲奈を見た。玲奈が簡潔に説明する。

「ああ、そういうことなのね。猟奇殺人を装(よそお)うため、無実の男性の精液を悪用したなんて卑劣(ひれつ)すぎるわ」

「ええ、そうですね。奥さん、ご主人は『白愛会病院』が港区内の国有地千数百坪を安く落札したことに何か裏があると直感されて、取材をしてたんでしょう？」

「そうです。『毎朝日報』が不正落札の疑いがあると報じながら、その後は何も記事になりませんでしたよね。寺尾は、そのことで入札に不正があったと確信を深めたようです。『毎朝日報』は外部の圧力に屈したにちがいないとも言ってました」

「そうですか」

会話が途切れた。浅倉は目顔で玲奈を制して、郁代に語りかけた。

「ご主人は、裏のからくりをどの程度、見破ってたんでしょう？」

「夫は、自分の仕事のことを何もかもわたしに喋ってくれたわけじゃないんですよ。断片的なことしか教えてくれなかったんですけど、『白愛会病院』が都心に分院を建設したくて国有地の払い下げに目をつけ、財務省のキャリア官僚を抱き込んだようだと言っていました。その官僚の名までは口にしませんでしたけどね」

「『白愛会病院』で産科医をやってる白石信之の実兄が財務省の若手官僚なんですよ。白石渉という名なんですが、国有地の払い下げを担当しています。『白愛会病院』の村瀬理事長は白石兄弟を抱き込んで、財務省高官に鼻薬をきかせ、相場よりも安く元国有地を取得したと思われます。財務省と癒着してる民自党の大物国会議員にも袖の下を使わなければ、他の入札者を抑え込むことはできないでしょう」

「夫も、あなたと同じことを言っていました。財務省高官や政治家の名前までは言いませんでしたが、そのクラスの有力者が国有地の不正払い下げに関わってるはずだというニュアンスのことは洩らしていました」

「そうですか」

「寺尾は問題の元国有地に『白愛会病院』の分院が建設されてないんで、法務局に行ったんです。元国有地は落札して約半年後に誠和一心会の企業舎弟の不動産会社にそっくり転売されてたらしいんです。誠和一心会は関東で最も大きな暴力団ですよね？」

「ええ。構成員は六千人近いはずです。誠和一心会の息のかかった不動産会社の名はわかりますか？」

「えーと、『誠心エステート』だったと思います。『白愛会病院』はアンフェアな手を使って国有地を安く取得したのに、なぜ転売したんですかね。転売で利鞘を稼ぐつもりだったんでしょうか？」

「売却先がまともな企業なら、そういうことも考えられるでしょう。しかし、転売したのは広域暴力団の企業舎弟です。おそらく村瀬理事長は個人のスキャンダルか、病院ぐるみの不正の証拠を誠和一心会の者に握られたんでしょうね」

「それで、せっかく手に入れた千数百坪の元国有地を安く買い叩かれたのかしら？」

「そう考えるべきだと思います。半値か、三分の一の値で買い叩かれたんでしょう」

「そうだとしたら、『白愛会病院』は損をさせられたことになるわね」

「理事長は、自分らの名誉が傷つくことを恐れたんでしょう」

「『誠心エステート』は、その元国有地に高級分譲マンションか商業ビルでも建てる気なのかと思っていたのですけど、ずっと更地になったままだと夫が言っていました」

「誠和一心会の企業舎弟は取得した元国有地を高く売るつもりで、買い手を探してるんじゃないのかな。もしかしたら、すでに高値で転売済みなのかもしれませんね」

「買い手は、そのうちにオフィスビルでも建てるつもりなのでしょうか。あるいは、転売する気でいるのかな」

郁代が呟いた。

「法務局の登記簿を閲覧すれば、現在の所有者はすぐにわかります」

「ええ、そうですね」

「奥さん、亡くなられたご主人は事件前に危険な思いをされたことがありませんでしたか？」

「一月の中旬、夫は帰宅途中に組員風の三人の男に拉致されかけたことがあります。RV車に押し込まれそうになったとき、運よく何人かの男女が通りかかったらしいんですよ。それだから、三人の男は慌ててRV車に乗り込んで走り去ったという話でした」

「そのとき、ご主人はRV車のナンバーを頭に刻みつけたんではありませんか？」

　玲奈が話に加わった。

「夫はすぐにナンバーをメモして、あくる日、陸運局事務所に行きました。RV車は食品加工会社の物でしたが、数日前に盗まれていたことがわかったそうです。寺尾はその前から、誠和一心会の本部事務所や『誠心エステート』の本社周辺で取材していたんですよ。ですので、おそらく誠和一心会の構成員たちが夫を拉致して、どこかに監禁する気だったのでしょう。ええ、そうなんだと思います」

「そう考えられますね。ほかに不審者がこのマンション周辺をうろついてたりしてませんでした？」

「そういうことはありませんでしたけど、夫宛の小包が届いたことがあります。中身はマグナム弾でした。国有地払い下げの件で取材をつづける気なら、そのうち銃弾を浴びせることになるぞという忠告だったのでしょう」

「多分、そういうことだと思います。ご主人は、自宅に銃弾が送りつけられたことを警察に通報しなかったんですか？」

「夫は通報したら、わたしも何かされることになるかもしれないと言って……」

「その実包は保管してあるんですか。弾頭や薬莢に送り主の指紋が付着してるかもしれませんから、お借りしたいんですよ」

「主人がどこかに捨てたようです。どこかの川に投げ込んだと言っていましたけど、その川の名までは教えてくれませんでした」

「そうですか。ところで、三月十二日の夜、なぜ寺尾さんは四谷の裏通りにいたんでしょう？」

「轢き逃げ現場の近くに、『白愛会病院』の村瀬理事長の愛人のひとりが住んでいるみたいなんですよ。夫は、その愛人に取材に協力してもらいたかったようです。でも、ガードが固かったみたいです」

「その愛人の名前は？」

「そこまでは聞いていません。でも、村瀬理事長は三人の若い女性を囲ってて、成城の本宅には週に二日ぐらいしか帰ってないそうです」

「ご主人がそこまで調べていたのなら、村瀬理事長に雇われた二人組にワンボックスカーで撥ねられたと疑えますね。もちろん、誠和一心会も怪しいですけど」

「そうだわ、いま思い出しました。村瀬理事長は女にだらしがないだけではなく、ギャンブルに狂ってるという話でした。暴力団が仕切ってる違法カジノに通って、ルーレットやブラックジャックに熱くなってるんだと夫は言っていました」

「村瀬はそういう弱みにつけ込まれて、せっかく手に入れた元国有地を『誠心エステート』に安値で売らざるを得なくなったんでしょう」

「ええ、そうなんだと思います。夫は『誠心エステート』の関係者か、『白愛会病院』の関係者に轢き殺されたのでしょうね」

「奥さん、疑わしい人物はもっといるんですよ」

浅倉は郁代に言った。

「それは誰なんでしょう？」

「国有地の払い下げの件で村瀬に便宜を図った若手官僚の白石渉と上司、それから何らかの口利きをしたと思われる族議員も怪しいですね。国有地払い下げの不正落札の件を寺尾さんにペンで告発されたら、それぞれが犯罪者として裁かれることになります」

「ええ、そうですね。夫はそうする気で取材をつづけていたんです。でも、汚職を告発するような取材メモ、写真、音声の類は自宅のどこにもありませんでした。そうした物を取材対象者に奪われることを警戒して、親しい雑誌編集者かライター仲間に預けてあるにちがいないと思って、わたし、あちこちに問い合わせの電話をしてみたんですよ。けれど、どなたも夫からは何も預かっていないとおっしゃっていました。みなさんが嘘をつかなければならない理由はありませんので、その通りだったのでしょう」

「ご主人は仕事関係の人たちに迷惑をかけたくなかったんでしょうね。で、告発材料を意外な場所に隠してあるんじゃないかな」

「たとえば、どのような場所なのでしょう？」

「具体的な場所はわかりませんが、そう考えてもいいと思います。第一期の捜査で、捜査本部の連中は寺尾さんの仕事絡みのメモや録音音声を徹底的に探したはずです」

「ええ、そうでしたね。自宅はもちろん、実家、友人宅まで探したらしいんですけど、何も……」

「寺尾さんは、誰にも見つけられない所に不正を告発する材料をこっそりと隠したんでしょう」

「そういう物を見つけることができなかったら、怪しい人たちを追い詰められないのでしょうか」

「奥さん、ご安心ください。完全犯罪などめったに成立するものではありません。犯人が誰であれ、必ずどこかに綻(ほころ)びがあるはずですよ。その小さな綻びを少しずつ拡(ひろ)げていけば、いつか真相が見えてくるでしょう」

「そう信じることにします。さきほど観(み)せていただいた動画は、捜査本部のどなたかに渡してくださるのでしょう?」

郁代が問いかけてきた。

浅倉は後ろめたさを覚えながら、大きくうなずいた。どんな事件も加害者を特定できるまでは、支援捜査で得た事実や新情報を捜査本部に提供することはなかった。

捜査本部を出し抜いたところで、チームの手柄になるわけではない。しかし、難事件を解決させることが浅倉たち五人の任務だった。捜査本部の面々と競(きそ)い合う気持ちがなければ、成果は上がらない。

「奥さん、もう少し時間をください。ご主人を亡き者にした犯人はもちろん、轢き逃げ事件を目撃したOLの口を封じた加害者も必ず捕まえます」

「早く夫を成仏させてください。お願いします」

郁代が悲痛な声で訴えた。浅倉たち二人は相前後して、大きくうなずいた。

それから数分後、二人は暇を告げた。七〇一号室を出て、そのまま一階のエントランスロビーに下る。

マンションのアプローチをたどっていると、乾から浅倉に電話がかかってきた。

「Nシステムで、道又亜未のアルファロメオが東名高速の入口近くで消えたことがわかったそうっす。別働隊のメンバーが付近一帯を探し回ったらしいんですが、亜未の車は見つからなかったということでした」

「そうか」

「裏通りから裏通りを抜け、ウイークリーマンションの駐車場に入り込んだのかもしれないな」

「そちらは、どうっすか?」

「いま、寺尾の自宅マンションのアプローチを歩行中なんだ。スカイラインに乗り込んで、得られた手がかりをおまえに伝えてから班長に報告するよ。いったん電話を切るぞ」

浅倉は通話を切り上げ、スカイラインに向かって駆けはじめた。

3

午後八時を過ぎた。

浅倉は、玲奈と一緒に村瀬将司の個人事務所の近くで張り込んでいた。スカイラインの中だ。寺尾宅を辞去し、新宿御苑(ぎょえん)の向かいにある村瀬のオフィスに回ってきたのだ。

『白愛会病院』の理事長は病院経営のほか、複数の事業を手がけていた。そのため、個人事務所を構えている。その個人事務所は、意外にも戸建て住宅だった。

ビルとビルの間に建っている。二階建てで、地下車庫付きだ。車庫には、黒いベントレーが駐(と)められている。

村瀬が事務所内にいることは間違いない。理事長は一時間ほど前、二人の男性事務員を伴(ともな)って近くの洋食屋で夕食を摂(と)った。三人が揃ってオフィスに戻ったことも確かだ。

「村瀬は病院の理事長室に毎日詰めてると思っていましたが、ふだん個人事務所にいるんですね」

運転席に坐った玲奈が言った。

「班長の調べによると、村瀬は病院経営者だが、医師じゃない。実業家なんだよ」

「ええ、そういうことでしたね。村瀬は三十代の半(なか)ばまで大手製薬会社で営業の仕事をやって、病院経営コンサルタントとして独立したんでしょ？」

「表向きはそうなんだが、その素顔は病院乗っ取り屋だったんだろう。経営がうまくいってない私立総合病院の建て直し支援と称して巧みに近づいて、運転資金を高利で回してやり、経営権を乗っ取ってきた。そうして手に入れた幾つかの私立総合病院を一つにまとめて、十七年前に現在の『白愛会病院』の理事長になった」

「村瀬は国立大の医学部に入りたかったんでしょ？　でも、三浪しても入れなかったみたいですね」

「立花さんの話では、そうだったな。結局、大学は経済学部に進んで、製薬会社に入ったらしい。村瀬が理事長室にいつも詰める気になれないのは、ドクターたちにコンプレックスを感じてるからなんじゃないのかな。三浪しても、自分は医学部に合格できなかった。その劣等感をいまも引きずってるんだろう」

「そうなのかもしれませんね。五十代以上の男性は、割に大学のランクや出身学部に拘ったりしますので」

「そうだな。学校の勉強ができて超一流大学を出たからって、将来が保証されてるわけじゃない。バイタリティーのある奴が、いろんな面で目立つ存在になる。しかし、偏差値がすべてだと親や教師に刷り込まれた世代は異常なほど学閥を気にする。考えてみれば、不幸なことだよな」

「わたしも、そう思います。他人に羨ましがられる職業に就いて高収入を得られても、人生を愉しめなかったら、虚しいだけですものね」

「実際、そうだろうな。それぞれ価値観が違うわけだから、誰も好きなように生きればいいんだよ。おれ個人は上昇志向に取り憑かれた人間は哀れだと思うね」

「わたしたち、学生っぽいことを言ってません？」

「たまには、いいじゃないか」

浅倉は笑顔で応じた。

そのすぐ後、立花班長から浅倉に電話がかかってきた。

「例の元国有地は『誠心エステート』から十カ月前に『曙交易』という貿易会社に転売されてたよ。別働隊のメンバーが登記簿をチェックしたんで、それは間違いないだろう」

「どういった会社なんです？」

「中国から農産物や水産加工品を輸入して、大型スーパーやファミリーレストランに卸してるんだ。社長は女で山根知佳、三十五歳だよ。会社は西新宿にある」

「女社長と誠和一心会との繋がりはどうなんです？」

「特に繋がりはないようだな。『曙交易』は社員数五十名足らずだが、まともなビジネスをしてるらしいんだ」

「その程度の貿易会社が、港区内の元国有地千数百坪をよく購入できましたね。そこはダミーで、本当の転売先は違うのかもしれませんよ」

「そのあたりのことを別働隊に調べてもらおう」

「お願いします。村瀬は個人事務所にいて、まだ動かないんですよ」

「そう。宮内・乾班からも報告がないから、若手官僚の白石渉も財務省に居残ってるんだろう。どちらかに動きがあったら、密に連絡を取り合うことにしようじゃないか」

「わかりました」

浅倉は刑事用携帯電話を所定のポケットに戻し、玲奈に班長から聞いた情報を伝えた。

「さっきも言いましたけど、小さな貿易会社が元国有地の購入資金を調達できるかどうか疑問ですよね。お金を用意できたとしても、広域暴力団の息がかかった不動産会社から物件を買う気にはならないと思います。たとえ掘り出し物であっても、企業舎弟の『誠心エステート』と関わりは持ちたくないと考えるはずですよ。真っ当なビジネスをしてる貿易会社ならね」

「蓮見は、ダミーではないかと考えてるんだな。おれも、そんな気がしてるんだ」

「そうですか。『誠心エステート』は村瀬の弱みを押さえて、元国有地を安く買い叩いたわけですよね。同じように転売先の企業不正か役員たちのスキャンダルの証拠を摑んで、元国有地を驚くほどの高値で売りつけたんではありませんか。しかし、そのことを世間に知られたくないので、脅迫された企業は『曙交易』をダミーの買い手にした。そう筋を読むべきなんじゃないですか？」

「その読み筋は正しいと思うよ。元国有地を高値で引き取らされたのは、名の知れた大企業かもしれないな」

「多分、そうなんでしょう」

玲奈が口を結んだ。

それから数分後、乾が浅倉に電話をかけてきた。

「リーダー、白石渉には女装趣味があったんですよ」

「どういうことなんだ？」

「白石は三十数分前に財務省を出て、タクシーで東京駅に来たんすよ。それで駅のコインロッカーから手提げ袋を取り出して、今度は八重洲口のレンタルルームに入ったんす。そこから出てきたときは女装してました」

「女装してたって⁉」

「そうっす。ロングヘアのウィッグを被って、ばっちりメイクしてました。女装して別人になることで解放感を覚える男もいるって話は聞いてたんで、それかなって思ったんすよね。けど、若手官僚は女装して夜の街を歩くわけじゃなかったんすよ」

「通りかかった男に流し目をくれてたのか？」

「外れっす。白石は東京駅に戻って、女性用化粧室に入ったんすよ。犯罪行為ですよね。

宮内さんがトイレの前に立ってるんすけど、中に入るのはためらわれますでしょ？」

「そうだな。おそらく白石渉は盗撮マニアなんだろう」

「リーダーも、そう思ったっすか。おれも、そう睨んだんすよ。白石はブースの中に入って、隣の個室で用を足す若い娘の姿をスマホのカメラで仕切り板越しに盗み撮りする気なんでしょうね」

「あるいは、個室の汚物入れの後ろに超小型のＣＣＤカメラを仕掛ける気なんじゃないか」

浅倉は言った。

「それも考えられるっすね。若い女性の排尿シーンを眺めたいんだろうな。学校秀才は勉強ばかりしてきたんで、どこか歪んじゃったんじゃないっすか？」

「そうなのかもしれないな」

「どう動いたら、いいんすかね？　宮内さんがリーダーに指示を仰ごうって言ったんで、おれ、電話したわけっすよ」

「化粧室に白石しかいないことを確認したら、どっちかが中に入れ。白石が不審なことをしてたら、身柄を確保するんだ」

「了解っす」

「それで手錠掛けて連行する振りをして、よくやる反則技を使え」

「日本では銃器・麻薬事案以外の司法取引は禁じられてるけど、場合によっては大目に見てやると裏取引を持ちかけるんすね？」

「そうだ。弟に頼まれて『白愛会病院』に国有地を不正に払い下げてやったかどうか吐かせるんだよ。もちろん、信之の居所も聞き出してくれ。その潜伏先に道又亜未もいそうだからな」

「すぐに指示通りに動くっす。また、連絡するっすね」

乾が電話を切った。

浅倉は通話終了ボタンを押し、遣り取りを玲奈に伝えた。

「白石渉は女装することに快感を覚えてるんじゃないんだと思います。女性用トイレに怪しまれないで入る手段として、女装してるんでしょう」

「だろうな。覗きか、盗撮が目的にちがいないよ」

「エリートと呼ばれてるキャリア官僚の人間性を疑いたくなりますね。白石渉は切れ者なんでしょうが、人間のランクは最低です。そういう男は軽蔑しますっ」

玲奈が語気を荒らげた。浅倉は同調した。

乾から二度目の電話があったのは十五、六分後だった。

「白石を取り押さえたっす。女性用トイレに利用者がいなくなったんで、おれ、中に入ったんすよ。ブースの上から個室を覗き込んだら、白石が便座に腰かけて小さなモニターに目をやってました。奴を個室から引きずり出して、隣のブースをチェックしたんすよ。そしたら、思った通りでしたっす。汚物入れ容器の裏にごく小さなＣＣＤカメラが取り付けてありました」

「やっぱりな」

「すぐに前手錠を打ったら、白石はぶるぶると震えだしたんすよ。目に涙を浮かべて、なんとか見逃してくれと泣きついてきました」

「で、おまえは例の反則技を使ったわけだな？」

「そうっす。白石は少しためらってから、弟の信之に頼まれて『白愛会病院』に国有地を不正落札させたことを認めました。競合入札者を裏社会の連中に追っ払わせ、『白愛会病院』に相場よりも三割ほど安く落札させてやったと白状したっす。脅しをかけられた入札者は揃って断念したんで、必然的に村瀬の病院が落札することになったということでした。白石兄弟は、村瀬に五百万円ずつ現金で貰ったそうっす」

「弟の居所は自白ったのか？」

「信之は、母方の伯父の別荘にいるそうっすよ」

「その別荘はどこにあるんだって？」

「静岡県の十里木高原にあるそうっす。富士サファリパークの西側にあるって話でした。伯父の名前は薬丸卓朗で、でっかいセカンドハウスらしいっすよ」

「わかった。おれたち二人は十里木高原に向かう。おまえたちは白石渉を別働隊に引き渡して、取り調べに立ち会ってくれ」

「了解っす」

「白石は上司の誰かとつるんで、村瀬に便宜を図ってやったと言ってるのか？」

「いいえ、そうじゃありません。自分ひとりで村瀬以外の入札者をビビらせたと言い張ってるっすよ。けど、上司の誰かを庇ってる様子だったな」

「キャリアといっても、白石はまだ三十九歳だ。上司の目を盗んで、村瀬に不正落札させられるわけがない。財務省高官が一枚噛んでるんだろう」

「おれも、そう睨んでたんすよ。そいつは、村瀬理事長に数千万の賄賂を渡されたんじゃないっすかね？」

「多分、そうなんだろう」

「別働隊の取り調べで白石が上司の誰とも共謀してないと言い張ったら、捜査二課知能犯係に調べを引き継いでもらったほうがいいんじゃないっすか？」

「白石を急いで収賄容疑で地検送りにしないほうがいいな。そうしたら、白石とつるんでた上司は警戒して尻尾を見せなくなるだろう。別働隊の調べが終わったら、白石を釈放させてもらってくれ」

「わざと白石を泳がせて、共犯の上司を割り出そうってことっすね？」

「そうだ。立花さんには事後承諾ってことになってしまうが、そうしてほしいんだ」

「了解っす」

「班長には十里木高原に向かったと伝えといてくれ」

浅倉は刑事用携帯電話(ポリスモード)を懐に収め、玲奈に宮内・乾班が白石渉の身柄を確保したことを話した。むろん、白石信之の潜伏先もわかったと付け加えた。

「十里木高原なら、東名高速の裾野(すその)ＩＣ(インターチェンジ)から富士裾野線をたどればいいんですね？」

「そう」

「では、向かいます」

玲奈がスカイラインを走らせはじめた。東名高速道路の下り線に入るまで、サイレンを鳴らしつづけた。

「一般道で運転を替わってもいいぞ」

「大丈夫です」

「無理をするなよ。ハイウェイで事故を起こされたら、死ぬ確率が高いからな」

「任務中ですから、殉職(じゅんしょく)ってことになるんでしょうけど、交通事故死では刑事として冴(さ)えません」

「そうだよな。被疑者(マルヒ)と銃撃戦の果てに命を落とすというなら、絵になるだろうが」

「それだって、カッコ悪いですよ。うちのチームはＳＡＴ(サット)隊員並に射撃訓練に励(はげ)んできたんです。どんな手強い相手でも、撃ち倒して逮捕しましょうよ」

「蓮見は、だんだん頼もしくなってきたな。銃撃戦になったら、おれはそっちの後ろで掩護射撃に回るか」

「えっ、部下を庇ってくれるんじゃないんですか⁉　リーダーのほうが射撃術に長けてるのに」

「冗談だよ。ドンパチになったら、おれが楯になってやる。蓮見を護り抜くって」

「ちょっと焦りましたよ。敵に背中を見せたりしませんけど、元ＳＰの宮内さんみたいに命中率が高くありませんので」

「部下を弾除けにするほど臆病じゃないよ。そうは言っても、百発百中の腕じゃない。トランクルームにガンボックスのほか、防弾・防刃胴着を積んであるな？」

「ええ、抜かりはありません」

「そうか」

浅倉は、ひと安心した。

最近は昔と違って、半グレや堅気の人間も銃器を隠し持っていることが多くなった。アメリカほどではないが、銃社会になりつつあるのかもしれない。

武装捜査班が使っているボディー・アーマーの主な材質は、強靱なアラミド繊維だ。それも三層に織り込まれている。最新のハイテク繊維だった。

引っ張り強度は、鉄の十倍近い。外部からの運動エネルギーの吸収性にも優れている。秒速四百二十三メートルの四十四口径マグナム弾でも貫通しない。被甲弾など特殊な加工がしてある銃弾も阻止できる。

従来の防弾胴着は刃物に弱かった。その弱点を克服したのがナイロンの小片を重ねた鎧状の網だ。さらに網の下は、厚さ五ミリの特殊ゴム層になっている。

どんな刃物も撥ね返す。大鉈や斧でも裂けない。防弾・防刃を兼ねながら、重さは三・四キロと軽かった。特注品で安くはないが、それだけの価値はある。

スカイラインは幾度も追い越しレーンに移りながら、先を急いだ。裾野ＩＣを下りたのは、およそ一時間十分後だった。

富士裾野線は思いのほか空いていた。玲奈はスピードを落とさなかった。

二十分そこそこで、富士サファリパークに達した。二キロほど先を左折し、十里木高原の別荘エリアに入る。点在する山荘の大半は電灯が点いていない。平日のせいで、セカンドハウスを利用する者は多くないのだろう。

別荘エリアの奥まった場所に、薬丸家のセカンドハウスがあった。アルペンロッジ風の造りで、並のペンションよりも大きい。建物には照明が灯っている。白石信之は、伯父の別荘に身を隠しているという。不倫相手の亜未も一緒に潜伏しているのか。

玲奈がスカイラインを林道の端に停めた。薬丸家のセカンドハウスの数十メートルほど先だった。

「白石は荒っぽい連中に身辺護衛を頼んだかもしれないぞ。一応、武装してから別荘に踏み込もう」

浅倉は先に車を降り、トランクリッドを開ける。高原の夜気はひんやりと冷たい。玲奈が運転席を離れた。

浅倉はボディー・アーマーを装着し、布製のサバイバルベストを重ね着した。アウトポケットが大小八つも付いている。すでにナイフ、ペンライト、万能ペンチなどが入っていた。

浅倉はガンボックスの錠を外し、ベレッタM92SBを摑み上げた。消音器を嚙(か)ませてから、腰のホルスターに収める。複列式弾倉(ダブルコラム・マガジン)には十五発を装塡(そうてん)済みだ。

さらに浅倉は腰の後ろに、電子麻酔拳銃を差し込んだ。引き金を絞ると、強力な麻酔液を含んだダーツ弾が発射される。先端は鏃(やじり)のような形になっていた。

標的に命中すると、約二十五ミリリットルのキシラジンが注入される。麻酔薬だ。個人差もあるが、人間は十数秒で意識を失う。熊やライオンも一分以内には昏睡(こんすい)状態に陥る。

有効射程距離は約二百メートルだ。火薬はまったく使われていない。したがって、銃声が轟(とどろ)くことはなかった。

ＦＢＩが開発した特殊銃である。弾倉(マガジン)には七発収まるが、浅倉はサバイバルベストの胸ポケットに予備のマガジンを入れた。

玲奈も同じようにボディー・アーマーとサバイバルベストを身にまとい、ガンボックスからオーストリア製のグロック29を取り出した。ポケットピストルで、フル装弾数は十一発だ。玲奈は浅倉と同じように電子麻酔拳銃を携帯した。

二人は抜き足で、薬丸家の別荘に近づいた。火山岩を積み上げた門柱はあるが、扉はなかった。広い敷地は丸太の柵で囲われているだけだ。

浅倉は玲奈を屈ませると、足許の小石を二つ拾い上げた。

その一つを庭先に投げ込む。警報音は響かなかった。どうやら赤外線防犯センサーは施されていないようだ。

浅倉は残りの小石を車寄せまで投げた。

すると、けたたましくサイレンが鳴り渡った。浅倉は玲奈の手を引き、別荘横の自然林に走り入った。

その直後、別荘の照明が一斉に消えた。十数秒後、額にヘッドランプを付けた男がサンデッキに走り出てきた。銃身を短く切り詰めた散弾銃を手にしている。

下草に足を取られた玲奈が短い声を洩らして、少しよろけた。

次の瞬間、ショットガンが銃口炎を吐いた。

放たれた散弾が近くの柵に埋まる。とっさに浅倉は玲奈の上に覆い被さった。その直後、二弾目が放たれた。頭上を粒弾が疾駆していく。

「伏せてろ」

浅倉は部下に命じ、起き上がった。丸太の柵に沿って奥に走ってから、電子麻酔拳銃を握った。狙いを定めて、一気に引き金を絞る。

ヘッドランプを装着した男がダーツ弾を左肩に受け、サンデッキに倒れた。光が闇を照射する。猟銃がサンデッキの床板に落ちた。

「別荘の裏手に回ってくれ」

浅倉は玲奈に指示し、丸太の柵を跨ぎ越えた。

玲奈が走りだす。浅倉はサンデッキに駆け上がった。ヘッドランプの男は気を失っていた。

浅倉は電子麻酔拳銃を構えながら、サンデッキに面した大広間に躍り込んだ。ペンライトを点け、室内を見回す。誰もいなかった。

ブレーカーを探すのはもどかしい。浅倉はペンライトで足許を照らしながら、階下を走り回った。

無人だった。二階に駆け上がり、次々に部屋のドアを押し開ける。十二室のベッドルームをくまなく検べたが、人の姿はなかった。

浅倉は階段を駆け降り、キッチンのドアから裏庭に出た。自然林の奥で、ペンライトの光が揺れている。玲奈だろう。

浅倉は自然林の中に分け入り、樹木の間を縫いはじめた。気配を感じた玲奈が振り返った。

「リーダーですね？」

「そうだ。白石か道又亜未の後ろ姿は見えなかったか？」

「ええ。一足遅かったようです」

「闇夜の深追いは危険だ。別荘に戻ろう」

二人は引き返し、サンデッキに上がった。

「ブレーカーを探して、電灯を点けます。そうすれば、白石たちが戻ってくるかもしれませんでしょ？」

「いや、暗いままにしておこう。そのほうが戻ってくる確率が高そうだからな」

「そうでしょうか」

玲奈がサンデッキに留まる。サンデッキの隅には、デッキチェアが二つあった。

浅倉たちは電子麻酔拳銃を腰に戻し、デッキチェアに浅く腰かけた。

ヘッドランプを付けた男が身じろぎしたのは数十分後だった。浅倉はデッキチェアから立ち上がった。消音器を装着したイタリア製の拳銃をホルスターから引き抜き、ショットガンをサンデッキから蹴落とす。

散弾銃をぶっ放した男が上体を起こした。

浅倉はベレッタM92SBのスライドを引き、無言で威嚇射撃した。一発ではなく、二発の連射だった。一発目は男の側頭部を掠めそうになった。二発目は、相手の肩口すれすれを抜けていった。

「おれを殺る気なのか⁉」

「まだ死にたくなかったら、こっちの質問に答えるんだな。セキュリティーのアラームが鳴ったんで、白石信之と道又亜未を裏山に逃がしたんだろ？」

「それは……」

「おれを苛つかせると、そっちは死ぬことになるぞ」

「撃たねえでくれ。そう、そうだよ」

「誠和一心会の構成員だなっ」

「そう。うちらの組織がやってる違法カジノの常連客の村瀬さんに頼まれたんで、ボディーガード役を引き受けたんだよ」

「そうかい」

「白石というドクターと彼女は何をやったんだ？　村瀬さんは何も教えてくれなかったんだよ」

「名前は？」

「相馬、相馬肇ってんだ」

「憶えておこう」

浅倉は相手に言い、玲奈に顔を向けた。

「こいつをもう少し眠らせてやってくれ」

「わかりました」

玲奈が電子麻酔拳銃を握り、無造作に引き金を絞った。ダーツ弾は相馬の腹部に沈んだ。相馬が唸って、くの字に転がった。

「車の中でしばらく待ってみよう。白石たちがこの別荘に戻ってくるかもしれないからな」

浅倉は言って、先にサンデッキの短い階段を駆け降りた。

ちょうどそのとき、雲に隠れていた月が顔を出した。上弦の月だった。

4

瞼が垂れそうになる。

浅倉は背筋を伸ばし、目を見開いた。エルグランドの助手席に坐っていた。

眠い。明らかに寝不足だった。

浅倉は玲奈と明け方まで十里木高原にいた。東の空が明け初めても、白石と亜未は別荘に戻ってこなかった。やくざの相馬は建物の周りに目をやって、間もなく引っ込んだ。浅倉たちは張り込みを切り上げ、別荘の周辺を車で巡った。しかし、白石たち二人は目に留まらなかった。

コンビは東京に舞い戻り、おのおのタクシーで帰宅した。浅倉は二時間ほど仮眠をとり、アジトに顔を出した。すでに玲奈は登庁していた。さすがに眠そうだ。

立花班長は、部下の四人を犒ってくれた。

浅倉は、まともに班長の顔を見ることができなかった。白石信之と道又亜未に迫りながらも、逃走されてしまった。失態だろう。

それでも、立花は叱らない。厭味も言わなかった。それが、かえって辛い。間抜けぶりを詰られていたら、気持ちが楽になっていただろう。

短い作戦会議が終わると、浅倉は宮内とコンビを組んで村瀬の個人事務所に張りついた。乾・蓮見班は、前夜のうちに釈放された白石渉の動きを探ることになった。

現在は午後三時数分前だ。『白愛会病院』の理事長は自分の個人事務所にいる。地下の車庫には黒いベントレーが駐めてあった。

「リーダー、少し眠ったほうがいいんではありませんか。村瀬が動きだしたら、起こしますよ」

　宮内が言った。

「いや、大丈夫だ。おれより、蓮見を少し寝ませてやりたいな。彼女は行きも帰りも、ずっと車を運転してくれたんだ。帰りはおれがスカイラインを転がすつもりだったんだが、ハンドルを握らせてくれなかったんだよ」

「そうだったんですか。しかし、まだ彼女は二十代ですから……」

「おれを年寄り扱いしやがって。宮内とは三歳違うだけじゃないか」

「三十代の三つ違いは、パワーに差があるでしょ？　腕相撲してみます？」

「おまえはSP時代に体を鍛えてたから、かなわないだろうな。そんなことより、白石渉と共謀したと思われる上司は誰だと思う？」

　浅倉は問いかけた。

「白石の同僚たちの話によると、事務次官に目をかけられてるそうですよ。しかし、事務次官は財務省の事務方のトップです。そんな偉いさんが国有地の売却の件で特定の法人に便宜を図って、謝礼を得るなんてことは考えられないでしょ？」

「そうだろうか」

「事務次官まで出世すれば、天下り先は幾つも用意されてるはずです。仕事もちゃんとやってれば、将来には何も不安はありません。仮に『白愛会病院』から数千万円の賄賂を貰っても、リスキーなことはしないと思います」

「事務次官は、なんて名だったっけ?」

「由良数馬(ゆらかずま)です。東大法学部をオール優で卒業したと噂されてる切れ者ですよ。確か五十三歳でした」

「事務次官の身内が事業にしくじって大きな借金を抱えてるとしたら、由良は汚れた金でも欲しがるんじゃないか。ひょっとしたら、女性問題で裏社会の人間に強請(ゆす)られてるのかもしれないぞ」

「エリート官僚の多くは利己的な人間ですので、親兄弟が負債を抱えてても肩代わりなどしないでしょ? それから、スキャンダルの主になるようなことは決してしないんじゃないかな。一角(ひとかど)の人物になることが彼らの目標でしょうから」

「エゴイストは自分のことしか考えてないか?」

「だと思いますよ」

「宮内、由良事務次官が実業家に転身したいと願ってるとは考えられないだろうか」

「国家公務員になった男たちは、ビジネスや経営には興味ないでしょ?」

「まあ、そうだろうな。銭よりも、名誉とか権力が欲しい連中だから、実業家をめざすわけないか」

「そうでしょうね」

「事務次官や局長クラスまで出世したキャリア官僚が憧(あこが)れるのは政治家だろうな。現に元官僚の国会議員は何十人もいる。宮内、由良は政界に進出したいと思ってるのかもしれないぞ」

「そうなら、選挙資金が必要になってきますね。参院選か衆院選に出馬する気なら、億単位の金が必要だろうな。退職金を吐き出したとしても、とても足りないでしょう」

「巨大労組や教団が支持母体なら、候補者が全財産をなげうたなくても選挙で戦えると思うよ。しかし、官僚には多くの支持者がいるわけじゃない。当然、自分である程度の選挙資金を用意する必要があるわけだ」

「ええ、そうですね。国有地の払い下げで特定の法人に便宜を図ってやっても、億単位の謝礼は貰えないでしょ？」

「そうだろうな。国有地の払い下げで特定の企業、医療法人、宗教法人なんかに不正落札させてたら、早晩、不正がバレてしまう」

「当然でしょうね」

「宮内、由良数馬は国有地の不正落札者と共謀して転売ビジネスで大きく儲け、売却益を山分けしたんじゃないだろうか」

「そういう手を使えば、選挙資金は工面できそうですね。そうしたダーティー・ビジネスを知られたら、由良は出馬前に破滅でしょ？」

「だな。村瀬と由良が裏で結託してたとしたら、どっちも一巻の終わりだ。だから、国有地の払い下げに不正があったことを調べ上げた寺尾圭吾を闇に葬る必要があったんじゃないのか」

「リーダーの読みが正しいとしたら、盗んだワンボックスカーでフリージャーナリストを撥ねて死なせたのは、誠和一心会の構成員臭いですね。村瀬理事長は、誠和一心会が仕切ってる違法カジノの常連客ですから」

「その轢き逃げの犯行場面をたまたま目撃した陽菜は、とっさにスマホで動画撮影した。そのことで、彼女は神社の境内(けいだい)で絞殺されることになってしまった。不正落札に加担した白石渉は実弟に協力してもらって、道又亜未経由で被害者の元彼氏の森下の精液を入手した」

「小室陽菜を猟奇殺人に見せかけて絞殺したのは、おそらく白石信之なんでしょうね。産科医は村瀬理事長に汚れ役を引き受けてくれれば、スピード出世させると交換条件を出されたんで……」

宮内が言い澱(よど)んだ。

「どうした？」

「スピード出世させるという人参(にんじん)をぶら下げられたぐらいで、白石は人殺しはしないんじゃないかな。兄貴を救わなければならないということがあったとしてもね。リーダー、どう思います？」

「その程度の交換条件では、なんの恨みもない陽菜を殺せないだろうな。白石信之は陽菜を始末したら、マタニティークリニックの開業資金をそっくり出してやると理事長が一筆書いたのかもしれないぞ」

「開業医になりたいと白石が考えてたとしたら、代理殺人を請け負ったかもしれませんよ。ええ、そうだったとも考えられますね」

「話は飛ぶが、『白愛会病院』の理事長は不正な手段で手に入れたと思われる千数百坪の元国有地を誠和一心会の企業舎弟『誠心エステート』に転売してるよな？」

「ええ。村瀬は誠和一心会に不正落札や愛人のことをちらつかされて、元国有地を安く『誠心エステート』に譲らざるを得なかったんでしょうね」

「おれも最初は、そう思ってたんだよ。しかし、昨夜、白石と亜未を別荘から逃がした相馬って男は誠和一心会の構成員だと吐いた。それは嘘じゃないんだろう。サイレンサー付きのベレッタで何発か威嚇射撃したからな」

「そういうことなら、でたらめは言ってないでしょう」

「そうだよな。村瀬が元国有地を『誠心エステート』に安く買い叩かれたことを恨みに思ってたら、白石の護衛を相馬にさせないと思うんだ」

浅倉は言った。

「ええ、そうでしょうね」

「そういうことを考えると、村瀬と誠和一心会の関係は悪くないんだろう。元国有地の転売ビジネスで双方がおいしい思いをしようという話になってたのかもしれないぞ」

「そうだったんですかね」

「『誠心エステート』は、問題の元国有地を西新宿にある『曙交易』という小さな貿易会社に転売してる。その会社の代表取締役社長は山根知佳という三十五歳の女らしいんだが、『誠心エステート』が企業舎弟だってことを知らずに物件を買ったんだろうか」

「それは考えにくいでしょう。警察は経済界に暴力団と繫がってる企業舎弟名を教えて、警戒を呼びかけていますんで。小さな貿易会社であっても、企業舎弟のリストには目を通してるにちがいありませんよ」

「ということは、その転売には何か裏がありそうだな」

「山根という女社長は、大物経済マフィアの愛人か血縁者なんじゃないですかね。『誠心エステート』は大物経済マフィアに恩を売っといて、何か見返りを期待してるのかもしれませんね」

「宮内が言った通りなら、『誠心エステート』は元国有地を安く手放したんだろう」

「そうなんだと思います。リーダー、『曙交易』という会社のことも少し調べてみましょうよ」

「そうするか」

話が途切れた。

それから間もなく、浅倉の上着の内ポケットで刑事用携帯電話（ポリスモード）が着信音を刻んだ。ポリスモードを摑み出し、ディスプレイに目を落とす。発信者は玲奈だった。

「ろくに寝てないんだから、張り込みは辛いだろう？　車の運転、乾に替わってもらえよ」

「わたしが何も言わなくても、乾さんが運転してくれました」

「そうか。あいつはぶっきら棒だが、根は優しいからな。それはそうと、白石渉に何か動きがあったのか？」

「いいえ、そうじゃないんです。対象者（マルタイ）は職場から一歩も出てません。釈放された翌日なんで、警察を警戒してるんでしょう」

「だろうな」

「わたしと乾さんは交互に車の外に出て、白石の職場の情報を集めたんです。白石は同じ東大出身の事務次官の由良数馬にとてもかわいがられてて、月に二、三度は飲食を共にしてるらしいんですよ。大学が同じだからって、少し後輩に目をかけすぎですよね？　国有地の不正払い下げは、もしかしたら、由良事務次官が指示したことなんじゃないかと思ったんです」

「おれも、その疑いがあるなと感じてたんだよ。そんなに二人がちょくちょく飲み喰いしてたんなら、千数百坪の国有地を安く『白愛会病院』に落札させた親玉は由良事務次官と考えてもいいだろう」

「そうですね。あくまで噂ですけど、事務次官は次期参院選に出馬する気らしいんですよ」

「やっぱり、そうだったか。由良は選挙資金を調達したくて、国有地の不正払い下げをやる気になったんだろう。しかし、事務方のトップ自身が入札希望者たちに圧力を掛けるわけにいかない。そこで、目をかけてる白石にいろいろ裏で指示してたんだろうな。当然、白石にはおいしい餌をちらつかせたにちがいないよ」

「白石兄弟は、村瀬理事長から五百万円ずつ謝礼を貰っています。事務次官の由良は二千万円ぐらい謝礼を受け取ったんではありませんか」

「もっと多く貰ってるんじゃないのかな。村瀬は相場の地価より二割ほど安く国有地を払い下げてもらったわけだから、四、五千万円は由良に渡したのかもしれないぞ」

「村瀬は手に入れた元国有地を『誠心エステート』に安く譲渡せざるを得なくなったみたいなんですよね、弱みにつけ込まれたんで」

「そう推測してたんだが、村瀬はそれなりに売却益を得たのかもしれないな。『誠心エステート』も元国有地の転売で、大きな損はしてないんじゃないか」

「転売先は小さな貿易会社ですよね？『誠心エステート』はその会社の不正を握って、売り値をだいぶ吹っかけ、大きく儲けたんじゃありません？」

「断定的なことは言えないが、『誠心エステート』は『曙交易』という会社に損はさせてない気がするな」

「企業舎弟がそんな甘い商売はしないと思いますけどね」

「蓮見、損して得取れって言葉があるよな」

「ええ」

「『誠心エステート』というより、誠和一心会は小さな貿易会社に恩を売っといて、何か危いことをさせる気なんじゃないか。おれは、そう睨みはじめてるんだ」

浅倉は言った。

「そうなんでしょうか。由良数馬は、財務省の族議員たちとよくゴルフをしてるらしいんです。民自党のベテラン議員に政界入りしないかと口説かれて、その気になったんじゃないかしら？　当選して国会議員になれば、名誉も利権も得られるようになるでしょ？」

「そうだな。特に親しくしてる族議員まではわからなかったか？」

「ええ。そのあたりのことを少し探ってみます。村瀬理事長に動きはないんですよね？」

「現在はな。しかし、女好きなら、そのうち三人の愛人の誰かの許に行くだろう」

「そうでしょうね」

玲奈が電話を切った。

浅倉は刑事用携帯電話（ポリスモード）を耳から離した。それを待っていたように、すぐに着信音が響いた。発信者は立花班長だった。

「白石信之が死んだそうだよ」

「えっ⁉ 何があったんです？」

「別働隊がね、非公式に伯父の別荘から逃げた白石と道又亜未の行方を静岡県警に追ってもらってたんだよ。そんなことで、先方さんが警視庁（うち）に情報を寄せてくれたんだ」

「それで？」

「別荘を出た二人は十里木高原の南側に位置してる標高千五百メートルほどの越前岳（えちぜんだけ）の中腹で野宿したようなんだが、寒気（かんき）と空腹に耐えられなくなって今朝（けさ）九時過ぎに下山したらしいんだよ。その途中で白石は足を踏み外して、山の斜面から滑落したそうなんだ。百メートル近く滑ったらしいんだが、まだ死んではいなかったというんだよ。で、亜未は恐る恐る斜面を下（くだ）ったらしい」

「不倫相手にぞっこんなんで、なんとか白石を救（たす）けたかったんでしょうね」

「そうなんだろうな。しかし、亜未も滑落して大木に体をぶつけて動けなくなってしまったらしいんだ。ハイカーが亜未を見つけたのは一時間半前だったそうだ」

「ハイカーたちが協力し合って、亜未を斜面の上の山道まで担（かつ）ぎ上げてくれたんですね？」

「そういう話だったよ。しかし、白石はすでに死んでたらしい」

「なんてことなんだ。白石信之が事件を解く鍵を握ってたのに」

「残念だが、仕方ないね。亜未のほうは幸いにも軽傷だったとかで、今夕には東京に戻ってくるということだったよ」

「そうですか」

「思いがけない展開になったが、気を取り直して支援捜査に当たろうじゃないか」

「そうしましょう」

浅倉はことさら明るく言って、通話終了ボタンを押し込んだ。

第五章　透けた真相

1

ベントレーが走り出てきた。

午後七時過ぎだった。ハンドルを捌いているのは村瀬だ。

「追ってくれ」

浅倉は宮内に指示した。宮内が少し間を置いて、エルグランドを発進させる。

黒い高級外車は新宿御苑に沿って走り、明治通りに向かった。自宅のある成城とは逆方向だ。『白愛会病院』の理事長は愛人宅に向かっているのか。

「道又亜未は、どこに消えたんでしょう？」

宮内が小声で言った。浅倉は乾・蓮見コンビに白石渉の張り込みを切り上げさせ、亜未の嫁ぎ先に向かわせた。

だが、不倫妻は自宅に戻っていなかった。夫や姑に白石信之との関係を知られることを恐れ、嫁ぎ先に帰れなかっただけではないだろう。森下を騙して精液を入手したことを警察に追及されたくなかったにちがいない。

亜未は、練馬区内にある実家にも立ち寄っていなかった。

「乾たち二人は、姑に教えられた亜未の友人や知り合いの家々を訪ね歩いてるはずだが、おそらく不倫妻はどこにもいないだろう」

「亜未が逃げ回ってるのは、やはり森下の精液を白石信之に渡した後ろめたさがあるからなんでしょうね」

「ああ、そう考えてもいいだろうな」

「冷凍しといたと思われる森下の精液を小室陽菜の局部に注入したのが、産科医の白石だったとしたら……」

「だったら？」

「山の斜面から白石は転落したんではなく、亜未に突き落とされたとは考えられませんか。亜未自身も滑り落ちたと救出してくれたハイカーたちに言ったようですが、軽傷を負っただけなんですよね」

「斜面を恐る恐る下ったんだとしたら、滑落しても樹木にしがみつくことはできるだろう。亜未が軽い怪我を負ったということだけで、白石を山道から突き落としたと疑うのは早計じゃないか」

「そうかもしれませんが、亜未は森下の精液を悪用したとは認めていないんです。森下の精液を不倫相手に渡した事実を隠したくて、不倫相手を崖から落とす気になったとも考えられるでしょ？　亜未は夫よりも白石に惚れてたんでしょうが、不倫相手が逮捕されたら、自分が森下の精液を手に入れたことが捜査当局に知れてしまうと不安になって……」

「逃げ回る気になった？　確かに、そう疑えないこともないな」

「そうでしょ？」

「それから、違う推測もできる。寺尾圭吾に国有地の払い下げに不正があったことを暴かれたら、困る人間は何人もいそうだ」

「そうですね。白石渉、村瀬理事長、それから由良事務次官が不正落札に関わってたら、のんびりと構えていられなくなるでしょう」

「そうだろうな。しかし、白石が保身のため、誰かに実弟を山道から突き落とさせて連れの亜未に嘘の証言をさせたとは考えにくいな」

「ええ、そうですね。ですが、村瀬理事長は疑わしいですよ。白石と亜未が十里木高原の別荘に潜伏していたことを知ってたわけですから、第三者に逃亡した不倫カップルを追跡させて……」

「そいつに白石を山道から斜面の下に突き落とさせて、亜未に偽証しろと威しをかけた。

そう言いたいんだな？」

「はい。由良事務次官も寺尾と陽菜の事件に間接的に関わっている疑いがありますので、不都合な人間を第三者に始末させたとも考えられるでしょ？」

「宮内の推測が正しかったら、道又亜未も斜面の下に突き落とされてそうだな。寺尾の事件に亜未は絡んでなくても、陽菜殺しでは実行犯に加担してると思われるから」

「亜未も不都合な人間ってことになりますね。自分、筋を読み違えたのかもしれません」

「宮内は深読みしすぎてる気がするが、まだ読み筋が違うとも言い切れないな。もしかしたら、亜未が誰かに白石信之を転落させたのかもしれないぞ」

「リーダー、それはないでしょ？」

　宮内が声を裏返らせた。

「亜未が担当医に本気でのめり込んでたことは確かだろう。夫と別れて、白石と再婚したいと願ってたんじゃないか」

「そうなんですかね」

「だが、白石のほうは亜未のことを単なる遊び相手と考えてた。亜未はそのことをはっきりと感じ取ったんで、実は熱が冷め（さ）はじめたんじゃないんだろうか。彼女は、不倫相手のために森下の精液を手に入れてやったと思われる。そこまで協力したのに、自分を戯れ（たわむ）の相手と考えてたのか。亜未は、そんなふうに失望したんじゃないのかな」

「そうだったとしたら、亜未が白石を崖の下に突き落とした疑いもあるわけですか。白石がこの世からいなくなったら、森下の精液の入手目的をごまかし通せるでしょうからね」

「そうだな」

浅倉は口を閉じた。

ベントレーは道なりに進んでいる。まだ行き先の見当はつかない。

やがて、村瀬の車は目白通りにぶつかった。左折し、JR目白駅の前を抜けて下落合の住宅街に入った。

ベントレーが停まったのは、哲学堂公園近くの戸建て住宅の真ん前だった。宮内が数十メートル後方の暗がりにエルグランドを寄せ、手早くライトを消す。

村瀬がクラクションを短く鳴らした。

ややあって、和風住宅から三十歳前後の色っぽい女性が現われた。愛人のひとりだろうか。彼女は心得顔で、ガレージのシャッターを押し上げた。

村瀬がベントレーを尻からガレージに収めた。すぐにシャッターが下ろされる。

「そっちは待機しててくれ」

浅倉は宮内に言って、静かに車の外に出た。通行人を装い、村瀬が消えた平屋の和風住宅に近づく。

門灯が点いている。浅倉は、まず表札を見た。

田所と彫り込まれている。さきほど見かけた妖艶な女の姓だろう。

庭木が多い。ベントレーの横には、ＢＭＷミニが駐めてある。車体の色は水色だった。

数奇屋造りの家屋は、それほど新しくない。築十数年は経っていそうだ。

間取りは３ＬＤＫだろうか。借家かもしれない。そうでなければ、村瀬が世話をしている愛人に買い与えたのか。

田所宅の前にたたずんでいると、背後で男の声が響いた。

「あんた、そこで何をしてるんだっ」

「別に怪しい者ではありません」

浅倉は振り返って、小声で応じた。茶色い柴犬の引き綱を握った六十年配の男が不審そうな眼差しを向けてくる。

「ちょっと捜査に協力していただけませんでしょうか。あなたは、このご近所に住んでらっしゃるようですね」

浅倉は警察手帳を見せ、相手を田所宅から十数メートル離れた道端に導いた。

「左側の二軒先に住んでる鏡という者だが……」

「飼い犬を散歩させてたんですか？」

「そんなことより、香澄さんが何か犯罪に巻き込まれたかな」

「香澄さん？　ああ、田所さんのことですね」

「そう。香澄さんは実家にいたころに柴犬を飼ってたとかで、うちの飼い犬をかわいがってくれてるんだ。こいつ、ヤマトという名なんだけど、すごく気難しい犬なんだよ。でもね、香澄さんには懐いて尻尾を振りっぱなしなんだ。ヤマトは男の子だから、色気のある美人に弱いんだろう」

「香澄さんが事件に巻き込まれたわけじゃないんですよ。彼女の面倒を見てる……」

「彼女のパトロンは、『白愛会病院』の理事長なんだってね。週に二回ぐらいベントレーで通ってきて、泊まってるみたいだよ。パトロンが羨ましいね。二十九歳の元グラビアアイドルを囲えるんだからさ」

「そうですね」

「香澄さんはたっぷりお手当を貰ってるようだけど、パトロンにはほかに二人の愛人がいるらしいんだ。いつもじゃないけど、愛人らしい二人の女性が時々、田所さん宅に遊びに来てる」

鏡と称した六十年配の男が秘密めかした声で言い、下卑た笑いを浮かべた。

「本当ですか⁉」

「それらしき二人の女を何度か見てるから、間違いないよ。パトロンは頭がいいね。三人の愛人たちを仲よくさせちゃえば、揉め事も少なくなるだろうからさ。嫉妬し合うことがなくなれば、パトロンは楽じゃないか」

「そうですが……」

「香澄さんのパトロンは何かまずいことをやったわけ？　金を摑んだ連中の中にはあくどいことをやってるのがいるからな。『白愛会病院』の理事長なら、納入業者からリベートを要求できるだろうね。製薬会社だけじゃなく、メンテナンス業者、クリーニング業者、葬儀社なんかからもキックバックさせてそうだな。パトロンは、そういう金で三人の愛人を囲ってるんじゃないの？」

「そこまでは調べ上げてないんですよ。ただ、田所香澄さんのパトロンがある殺人事件に関与してるかもしれないんです」

「えっ、そうなのか⁉　そういう危ないパトロンとは、香澄さん、早く切れたほうがいいな。でも、金がないと、香澄さんは困るんだろうね」

「どういうことなんです？」

浅倉は聞き逃さなかった。

「いや、なんでもない」

「あなたにご迷惑はかけません。ですので、協力していただけませんかね」

「勘弁してくれないか。香澄さんが捕まるようなことになったら、彼女に恨まれるからな」

鏡が口を滑らせ、悔やむ顔つきになった。

「どうやら田所さんは法に触れるようなことをしてるようですね」

「いや、知らない。ヤマト、家に帰ろうか」

「そうはさせませんよ」

浅倉は鏡の前に立ち塞がった。

「どいてくれ」

「いいえ、どきません」

「どけったら！」

鏡が気色ばみ、浅倉の胸板を突いた。浅倉はオーバーによろけ、尻餅をついた。

「そんなに強く押したわけじゃなかったんだが……」

「公務執行妨害罪になるな」

「そ、そんな⁉」

鏡が口を尖らせた。浅倉は立ち上がって、腰に手を回した。

「手錠を掛けられたくなかったら、知ってることを何もかも話すんですね」

「まいったな。わかった、喋るよ。確証があるわけじゃないんだけど、香澄さんは何か薬物にハマってるようなんだ。よく家の中で奇声を発したり、喚いたりしてる。物を投げつけてる音も聞こえたりするね」

「腕に注射痕は？」

「香澄さんの体をじろじろ見るわけにいかないんで、注射痕があったかどうかはわからないよ。でも、女房の話だと、腕に注射だこはないみたいだったってさ」

「それなら、錠剤型の覚醒剤に溺れてしまったのかもしれませんね。タイやカンボジアで密造されてる〝ヤーバー〟は安く手に入りますが、不純物が多いんですよ」

「そうなのか」

「しかし、オランダやメキシコから密輸入されてる純正の〝エクスタシー〟の錠剤はきわめて純度が高いんです。その分、値段は高いんですがね」

「香澄さんがドラッグにハマってるとしたら、そうした上質の薬物を常用してるんだろうな。でも、麻薬密売人みたいな奴は田所さん宅に出入りしてないよ」

「バレない方法で、薬物を入手してるんでしょう。もしかしたら、パトロンが服む覚醒剤を手に入れてるのかもしれないな」

「覚醒剤には催淫作用があるんだってね。女はエンドレスでイキまくるし、男も長く保つらしいじゃないの？」

「俗説はだいぶ誇張されてますが、性的な興奮を高めることは確かです。それだから、薬物中毒になりやすいわけです」

「香澄さんがパトロンとドラッグ・セックスに耽ってると思うと、なんか厭だな。外で会うときは色っぽく笑いかけてくるし、穏やかなんだ。ヤマトとじゃれ合ってる姿は、まるで少女みたいなんだよ。いい感じなんだ」

「そうですか」

「香澄さんが薬物にハマってたとしても、なんとか情（じょう）をかけてほしいな。彼女、本当に感じがいいんだよ。あばずれなんかじゃないよ」

相手がそう言い、愛犬を促（うなが）して歩きだした。

浅倉は体を反転させ、エルグランドに戻った。助手席のドアを閉め、鏡から聞いた話を宮内に伝える。

「薬物中毒なら、前科（マエ）があるかもしれません。フルネームは田所香澄ですね。ちょっと照会してみます」

宮内がすぐに警察無線の端末を操作した。警察庁の大型コンピューターには、前科歴のある男女の氏名、生年月日、出身地、本籍地、現住所がデータベース化されていた。ほんの数分で、犯歴の有無はわかる。いわゆるA号照会だ。

「田所香澄には、まったく検挙歴がありませんでした」

「そうなら、薬物にハマったのは最近なんだろう」

「とは限らないでしょ？　著名な芸能人が二十年も前から覚醒剤（シャブ）にハマってても、ずっと逮捕（パク）られなかったケースもあります。有力者に知り合いがいれば、犯罪の揉（も）み消しもできなくはありませんからね」

「外部の圧力に屈する警察官僚がいるから、現場の人間はやる気をなくしちまうんだ。てめえの出世のことしか考えてないキャリアどもを横一列に並ばせて、短機関銃で皆殺しにしてやりたいよ」

「過激なことをおっしゃる。自分も、そうできたらと思うことがありますけどね」

「宮内もアナーキーじゃないか。要人の護衛に携わってた元SPらしくないな」

「いまだから言えますが、SPが体を張って護り抜くだけの価値のあるVIPなんか数えるほどしかいませんでした」

「そうだろうな。権力を握った官僚や政治家の大半は腐ってる。テロリストに殺られてもいいんじゃないか」

「そこまでアナーキーにはなれませんが、気持ちはわかります」

「そうか」

「リーダー、夜が更けたら、田所宅に偽の家宅捜索をかけますか。令状は追っつけ部下が持ってくるともっともらしいことを言って、とりあえず村瀬の愛人にドアを開けさせましょうよ。家のどこかに錠剤型覚醒剤があれば、『白愛会病院』の理事長を一気に追い込めるでしょ？」

「なんかまどろっこしいな。恐喝屋に化けて、愛人宅に侵入しよう」

「その手でいきますか。現職刑事がまさかそんな違法捜査をしてるとは誰も思わないでしようね」

「だろうな。自己弁護に聞こえるだろうが、おれたちは凶悪な事件を早く落着させる目的で反則技を使ってるんだ。違法捜査だが、一般市民に迷惑をかけてるわけじゃない」

「そうなんですが、犯罪者にも人権はあるでしょ？」

「そういう綺麗事を言ってたら、おれたちは任務を遂行できなくなる。個人的には、法の網を巧みに潜り抜けてる悪人には人権なんかないと考えてるよ」

「リーダーのお姉さんは通り魔殺人の被害者のひとりだったんでしたね。身内がそんな目に遭ってたら、警察官だって……」

「姉貴の話はやめよう」

浅倉は宮内の言葉を遮った。

ちょうどそのとき、田所宅の前にタクシーが停まった。降りたのは二十七、八歳の派手な造りの女だった。衣服もバッグも安物ではない。普通のＯＬや人妻ではなさそうだ。村瀬の愛人のひとりで、香澄の自宅に呼びつけられたのか。

そうなら、『白愛会病院』の理事長は二人の愛人を相手に3Pを娯しむつもりでいるのではないか。ドラッグ・セックスで乱れる男女を目にしたことはなかった。見てみたい気もする。

タクシーが走りだした。艶やかな女が田所宅のインターフォンを鳴らす。待つほどもなく家の主が応対に現われ、来客を自宅に招き入れた。

面白い展開になりそうだ。浅倉はそう思いながら、セブンスターをくわえた。

2

小一時間が過ぎた。

派手な顔立ちの女が田所宅に入ってからは、誰も来訪していない。村瀬は今夜は3Pをする気なのか。

「押し入ろう」

浅倉は、運転席の宮内に声をかけた。宮内が黙って顎を引く。

二人は白い布手袋を両手に嵌め、そっと車を出た。通行人の姿は見当たらない。浅倉たちは周囲に目を配ってから、少し間を置いて田所宅に忍び込んだ。先に侵入したのは浅倉だった。

二人は庭木の陰に身を隠し、一分ほど時間を遣り過ごした。

息を殺して、耳をそばだてる。玄関のドアもサッシ戸も開かない。誰何する声も響かなかった。

浅倉たちは、家屋の裏手に回り込んだ。

ふたたび動きを止める。隣接する三方の家の窓は明るかったが、怪しまれることはなかった。浅倉は抜き足で、キッチンのごみ出し口に近づいた。ピッキング道具を使って、ドア・ロックを外す。十秒も要さなかった。

浅倉はドアを半分だけ開け、身を滑り込ませた。十畳ほどのダイニングキッチンの照明は落とされている。

浅倉は土足で、フロアに上がった。宮内がつづき、後ろ手にドアを閉める。

目は、数十秒で暗さに馴れた。二人は爪先に重心を掛けつつ、キッチンから玄関ホールに進んだ。玄関寄りには、居間があるようだ。

ドアは閉ざされている。静かだ。物音はしない。人のいる気配も伝わってこなかった。

玄関ホールは廊下と繋がっている。浅倉は奥に向かった。すると、奥の部屋から二人の女性のなまめかしい声が洩れてきた。モーターの音も耳に届いた。和室と思われる。

やはり、村瀬は二人の愛人と3Pを娯しんでいるようだ。片方の愛人は、性具で性感帯を刺激されているのだろう。喘ぎ声に淫らな呻きが混じる。

浅倉たちは、端の部屋に接近した。

出入口はドアではなく、襖になっている。和室が寝室になっているらしい。

「香澄、もうじき留衣はイキそうだぞ」

「パパがもっと突きまくってくれたら、わたしも……」

「おまえたち二人が同時にクライマックスに達したら、百万ずつボーナスをやろう」

「香澄さん、一緒にパパにスキャットを聴かせてやろうよ。百万の臨時収入はありがたいじゃない？」

「そうね。留衣ちゃん、ハモっちゃおう」

「うん。あっ、ごめん！　わたし、先に……」

留衣と呼ばれた女が甘やかに唸り、愉悦の声を迸らせた。悦びの声は長く尾を曳いた。熄みそうで熄まない。

「残念だったな。二人とも、ボーナスはお預けだ」

「村瀬のパパ、留衣ちゃんは体をリズミカルに硬直させてるわ。もっと烈しく動いてくれれば、わたしもすぐに……」

「間に合いそうか。どれ、どれ」

村瀬がダイナミックに抽送しはじめたようだ。ベッドマットの軋み音が高くなった。

浅倉は襖を少しずつ横に払った。十畳ほどの和室のほぼ中央に、巨大なベッドが据えられている。その上に、全裸の男女三人の姿があった。

村瀬は両膝立ちの姿勢で、這う形の香澄を背後から貫いていた。二人の左横には、派手な顔立ちの女が横たわっている。仰向けだった。留衣だろう。

彼女の局部には、薄紫色のバイブレーターが埋まっている。スケルトンタイプだった。

くぐもったモーター音が妙に煽情的だ。

「女たちを電子麻酔拳銃で眠らせてくれ」

浅倉は宮内に耳打ちし、USソーコム・ピストルをホルスターから引き抜いた。手早く消音器を装着させ、襖を大きく開ける。

村瀬が香澄と交わったまま、反射的に振り返った。

「誰なんだ、おまえたちは⁉」

「騒ぎたてると、シュートするぞ」

浅倉は先に室内に躍り込んだ。宮内が倣い、二人の女の脇腹に麻酔ダーツ弾を撃ち込む。

村瀬が結合を解き、ベッドの上で仁王立ちになった。黒々としたペニスは、反り返ったままだ。角笛を連想させる。

裸の女たちは顔を見合わせ、パニックに陥った。相前後して身を起こしたが、動作は鈍かった。早くもキシラジンが効きはじめたのだろう。

留衣の股間から抜け落ちた模造ペニスが、シーツの上でくねくねと動いていた。本体の上部から突き出た小さな舌のような物も震動している。その部分で陰核を刺激するわけだ。

「バイブのスイッチを切れ！」

浅倉は、USソーコム・ピストルの銃口を村瀬に向けた。

「そいつはモデルガンなんだろ？」

「そう見えるか？」

「本物なのか⁉」

村瀬が目を剝いた。

浅倉は無言でスライドを滑らせ、無造作に引き金を人差し指で手繰った。

放った銃弾はベッドの向こう側の壁を穿った。村瀬が驚きの声を発して、身を竦ませた。いつの間にか、男根は萎えていた。

香澄と留衣が崩れるように倒れ込んだ。留衣は股を開いた恰好だった。両側の小陰唇に幾つか疣のようなものが見える。

それは、注射だこだった。浅倉はベッドを回り込んで、田所香澄の下半身を覗き込んだ。やはり、左右の小陰唇に注射だこがあった。

「使いかけの覚醒剤と注射器があります」

宮内がベッドの横のナイトテーブルに視線を向けて、浅倉に報告した。

浅倉はナイトテーブルに目をやった。宮内の言った通りだった。白い粉の入った包みも五つあった。そのうちの二つは封が切られている。注射器は一本ではなく、二本だった。

てっきり香澄が錠剤型の覚醒剤を常用していると思い込んでいたが、小陰唇の外側に蒸留水で溶かした覚醒剤を注入していたのだ。

覚醒剤取締法違反で検挙された者や中毒者は、決して腕には注射をしない。舌の裏や足の甲などから薬物を注入する。そのほうが見つかりにくいからだ。それでも、むろん尿検査では引っかかる。

「坐って見苦しい物を隠せ！」

浅倉は村瀬に命令した。

村瀬がベッドの下から白いバスローブを掴み上げた。素肌に羽織り、ベッドの上で胡坐をかいた。性具のスイッチを切る。

「女たちをどうする気なんだ？」

「電子麻酔拳銃で眠らせただけだよ。一時間以内には意識を取り戻す。それより、この家に住まわせてるのは元グラビアアイドルの田所香澄だな？」

「ああ」

「留衣という彼女も、あんたの愛人なんだろ？」

「そうだよ。友納留衣という名で、元ＡＶ女優なんだ。場合によっては、おたくに留衣を譲ってやってもいいが……」

「ノーサンキューだ。もうひとり彼女がいるよな？」

「そうなんだが、その彼女は母親がくも膜下出血で倒れたんで、郷里の徳島に戻ってるん

「参考までに四国育ちの愛人の名を訊いておこうか」

「桐島みずほという名で、クラブ歌手だったんだ。セクシーボイスなんで、囲いたくなったんだよ。みずほはもう三十二歳なんだが、まだ肌には張りがある。迎え腰が抜群なんだ」

「あんたの女狂いはちょっと病的なんじゃないのか」

「余計なお世話だ。そんなことより、何者なんだ？」

「おれたちは恐喝で喰ってる」

「いまどき下半身スキャンダルなんかじゃ、まとまった口止め料はせしめられないだろうが？」

「おれたちは、あんたが国有地を不正に取得した証拠も握ってるんだよ」

「えっ」

「あんたは財務省の若手官僚の白石渉を抱き込んで、港区内の国有地千数百坪を相場の地価より三割ほど安く手に入れた。その土地に分院を建てるつもりだったんだろうが、違法カジノに出入りしてることや三人も愛人を囲ってる事実を脅迫材料にされて、『誠心エステート』に転売させられた。いや、そうじゃないな。あんたは国有地を不正取得したことをフリージャーナリストの寺尾圭吾に知られてしまった。そのことで誠和一心会関係者に脅迫されたんで、せっかく手に入れた土地を転売せざるを得なくなった。そうなんだなっ」

「なんの話かよくわからないな」

「時間稼ぎはさせないぞ」

浅倉はベッドマットに銃弾を撃ち込んだ。村瀬が立ち上がろうとして、バランスを崩した。そのままベッドの下に転げ落ち、長く唸った。

浅倉は村瀬に歩み寄り、側頭部に消音器の先端を突きつけた。

「空とぼけると、撃(ハジ)くぞ」

「う、撃つな！　そ、そうだよ」

「やっぱり、そうだったか。元国有地を安く『誠心エステート』に譲る交換条件として、寺尾圭吾を始末してくれと言ったんだろう？」

「そんなことを頼んだ覚えはない。本当だ。寺尾には白石を抱き込んで国有地を安く取得したことを知られたが、わたしは殺しの依頼なんかしてないよ。春に寺尾が無灯火のワンボックスカーに撥(は)ねられて死んだとニュースで知ったときは、胸を撫で下ろしたがね」

「その言葉を鵜呑(うの)みにはできないな。腰に一発喰(く)らわせてやるか」

「嘘じゃないんだ。信じてくれよ」

「あんたには、寺尾が轢き逃げされた場面をたまたま目撃した小室陽菜を誰かに始末させた疑いがある。産科医の白石信之に人参をちらつかせて、不倫関係にあった道又亜未の元交際相手の森下の精液を手に入れさせたんじゃないのか？　猟奇殺人に見せかけるためには、誰かの精液が必要だからな」

「わたしは白石にそんなことを頼んでないぞ。ああ、天地神明に誓えるよ」

「しぶといな。あんたは白石兄弟に五百万円ずつ渡したはずだ。国有地をうまく払い下げてもらいたくてな」

「それは……」

「とぼけつづける気なら、太腿を本当に撃つことになるな」

「やめろ！　撃たないでくれーっ。白石兄弟に五百万円ずつ謝礼を渡したことは認めるが、弟に誰かの精液を手に入れてくれなんて頼んだことは絶対にない。本当なんだ。お願いだから、拳銃を離してくれないか」

村瀬が戦きはじめた。歯の根も合わないようだ。尿失禁するかもしれない。

「話を少し戻すぞ。白石渉はキャリア官僚だが、まだ若手だ。白石ひとりであんたに国有地を不正落札させることは難しい。財務省の高官にも袖の下を使ったんだろうが！　そいつの名を言うんだっ」

「わたしは白石兄弟に金を渡しただけだよ。白石は大学のＯＢの高官に目をかけられてるから、落札させられると言ってたが、上司の名は明かさなかったんだ」

「実は、事務次官の由良数馬が白石渉を裏で操作してたことがわかってるんだよ」

浅倉は鎌をかけた。

「えっ、そうなのか⁉　白石兄弟のどちらも、そんなことは一言も口にしなかったな。おたく、鎌をかけたんじゃないのか？」

「そうじゃない。その事実は、ほぼ間違いないだろう」

「誰に何を言われたのか知らないが、わたしは白石渉の上司に便宜を図ってほしいと頼んだことはないし、袖の下も使ってない。信じてくれよ、頼む！」

村瀬が哀願した。話が途切れた。

「白石信之が不倫関係にある道又亜未と東京から逃げて、静岡の別荘に潜伏してたのは知ってますね？」

宮内が村瀬に問いかけた。

「それは……」

「正直になりなさいよ。あなたは、相馬という誠和一心会の構成員に二人のボディーガードを務めさせた」

「そこまでわかってるのか。なら、仕方がない。白石から警察の特殊チームが動いてるようだと聞いたんで、違法カジノで顔馴染みになった相馬に捜査の手が伸びてきたら、二人を逃がしてやってくれと頼んでおいたんだよ」

「あなたが第三者に越前岳の山道から白石信之を転落死させて、連れの道又亜未に『余計なことを喋ったら、殺すぞ』とでも威しをかけたんじゃないんですか？」

「何を根拠に、そんなでたらめを言うんだっ」

村瀬が宮内に険しい目を向けた。宮内が表情を硬くする。

浅倉は目顔で宮内をなだめ、村瀬に顔を向けた。

「だいぶ前からドラッグ・セックスにハマってるようだな。あんたはどこに注射してるんだ？　両腕にたこはないな」

「わたしは薬物に溺れてないよ。セックスパートナーの性器や肛門に白い粉をまぶしたりしてたがね」

「もっぱら愛人たちの小陰唇に覚醒剤を射たせてたわけか。いつからなんだ？」

「最初に覚醒剤を興味半分にやりはじめたのは留衣で、一年半ぐらい前からだな。その数カ月後に香澄とみずほが……」

「あんたが後の二人には強要したんじゃないのかっ」

「留衣の感度がびっくりするほど鋭くなったんで、香澄とみずほにも勧めたんだ。すぐに二人とも、覚醒剤の虜になったよ。それほどセックスの快感が強烈なんだ。八回、九回と連続でクライマックスに達することができるんだから、その魔力には克てなくなるんだろう」

「薬物は、あんたが誠和一心会から手に入れてるのか？」

「そうだよ。元国有地を安く譲ってやったから、格安で分けてもらえるんだ。そんなことより、本題に入ろうじゃないか。『誠心エステート』に転売した国有地を不正落札したことが表沙汰(おもてざた)になったら、病院経営に支障を来す(きた)ことになる。おたくらに三人の愛人が覚醒剤に溺れたことも知られてしまったから、二千万ぐらい出してもいいよ」

「おれたちは買収されない」

「おたく、頭は確かなのか？　恐喝で喰ってると言ってたじゃないか」

「それは嘘なんだ。おれたちは警視庁の者だよ」

「笑えないジョークだな」

村瀬が苦く笑った。浅倉はUSソーコム・ピストルをホルスターに仕舞(しま)い、懐から警察手帳を取り出した。宮内も同じことをする。

「なんてことだ」

村瀬が半身を起こし、髪を掻き毟(かきむし)った。

「別働隊に三人の身柄(ガラ)を引き渡そう。村瀬は贈賄容疑で、三人の愛人は覚醒剤取締法違反だ。宮内、連絡を頼む」

「わかりました。村瀬を捜査二課知能犯係に引き渡す前に、別働隊にじっくり調べてもらうんでしょう？」

「そうだ」

「了解です」

　宮内が寝室を出た。玄関ホールあたりで立花班長に電話をかけるのだろう。

「おたくらに三人の彼女を譲ってもいいよ。揃ってベッドテクニックに長けてるんだ。おたくたちをたっぷり娯しませてくれるだろう」

「覚醒剤にハマってる女たちを抱く気にはなれないな」

「それなら、知り合いの美人ホステスを説得して、おたくのセックスペットにさせよう。それから、同僚には内緒でおたくに三千万円を現金で渡そう。悪い話じゃないだろう?」

　村瀬が声を潜めた。

「その代わり、贈賄には目をつぶってくれってわけか」

「そうだ。愛人たちが地検に送致されても、別にかまわないよ。スペアの女は、すぐに見つかるからな」

「わかってないな」

「え?」

「おれは、犯罪者に抱き込まれるような男じゃない。三億円出すと言われても、話には乗れないな」

　浅倉は前に跳んで、村瀬の顎を蹴り上げた。肉と骨が鈍く鳴った。村瀬は達磨のように後方に倒れ、両脚を撥ね上げた。

バスローブの裾が乱れ、下腹部が丸見えになった。ペニスは縮こまって、半ば陰毛に埋まっていた。

浅倉は村瀬を見下ろし、唾を飛ばした。

3

供述内容は前夜と同じだった。

浅倉はマジックミラー越しに、取り調べ中の村瀬を観察していた。本部庁舎の四階にある捜査二課の取調室に接続した面通し室だ。細長い小部屋である。

事件の被害者や目撃者が犯人の顔を確認するために設けられた空間だ。通称、〝覗き部屋〟である。午後二時過ぎだった。マジックミラーに耳を押し当てる。遣り取りが伝わってきた。

『白愛会病院』の理事長は灰色のスチールデスクを挟んで、別働隊の坂東昌人警部と向かい合っている。坂東はノンキャリアながら、優秀な捜査員だ。四十六歳で、別働隊の主任を務めている。

坂東の斜め後ろで、ノートパソコンに向かっているのは部下の安西等警部補だ。三十三歳で、武装捜査班が結成されるまでは捜査一課強行犯係だった。

　捜査二課知能犯係の者は立ち会っていなかった。橋爪刑事部長が捜査二課長に事前に別働隊だけで先に村瀬の取り調べをさせるよう指示してくれてあったのだ。

「わたしがやったのは産科医の白石信之に財務省にいる彼の実兄に働きかけて、国有地の払い下げ入札で便宜を図ってもらったことだけだ」

「白石兄弟に五百万円ずつ謝礼を払ったんですね、落札した晩に」

「そうだよ。二人を紀尾井町の料亭に招んで、札束の入ったマニラ封筒を手渡した。何度も同じことを言わせないでほしいな」

「フリージャーナリストの寺尾圭吾の轢き逃げには、まったく関与してないと供述しましたね。それから、轢き逃げの現場にいた小室陽菜の殺害にもタッチしてないということでした」

「偽りはないよ。昨夜の簡単な取り調べのとき、その二人が殺された日のアリバイを教えたはずだぞ」

「ええ。そうなんですがね、あなたが誰かに寺尾圭吾と小室陽菜を殺させた可能性はゼロではない。で、くどくどと確かめさせてもらってるわけですよ」

　坂東が言った。

「おたくらは他人を疑うことが仕事なんだろうが、わたしは誰にも殺人依頼はしてないっ」

「しかし、現在、行方がわからない道又亜未と不倫関係にあった産科医の白石は……」

「そのことも、もう答えたじゃないか。白石が不倫相手に元交際相手の精液を手に入れさせた疑いがあるからって、わたしまで怪しむことはないだろうが！　小室陽菜というＯＬの体内に森下なんとかって男の精液が遺留してたんなら、白石が不倫相手に問題の体液を十万円で買い取らせたのかもしれんな。しかし、わたしにはなんの関係もないことだ」

「その白石信之が越前岳の山道から転落死してます。本当に足を踏み外して、斜面を転げ落ちたんですかね？」

「白石が不倫相手の女に突き落とされたとでも言うのかっ」

「いいえ、そうではないでしょう。道又亜未は、本気で白石にのめり込んでたようですから。そんな男に殺意を懐いたりしないと思いますよ」

「ま、まさかわたしを怪しんでるんじゃないだろうな⁉」

村瀬は両肘を机に当て、身を乗り出した。手錠は外されていたが、腰に回された捕縄の端はパイプ椅子のフレームにきつく括られている。

「あなたは、白石兄弟を抱き込んで不正に元国有地を払い下げてもらった。財務省の若手官僚である白石渉に五百万円を渡したわけですから、贈賄罪が適用されます。逮捕されたら、村瀬さん、あなたは多くのものを失うことになるでしょう。先に白石信之を第三者に始末させ、少し経ってから今度は兄の渉を片づけようとしたと疑われても仕方ないんじゃないですか？」

「おたく、意地の悪い見方をするね」

「そう思われても結構です。あなたは誠和一心会が仕切ってる違法カジノにちょくちょく出入りして、企業舎弟の『誠心エステート』に元国有地を転売してます」

「だから、なんだと言うんだっ」

「大声を出すんじゃない！」

　記録係の安西が上体を捻って、村瀬を窘めた。村瀬が安西を睨めつける。

「冷静になってください。村瀬さん、また確認させてもらいます。国有地の不正払い下げのことを取材してた寺尾は、あなたの身辺を嗅ぎ回ってたんでしょ？」

　坂東が訊いた。

「そうだが、白石渉は財務省の高官に目をかけられてると聞いてたんで、フリージャーナリストが告発なんかできっこないと思ってたんだ。エリート官僚なら、有力政治家の力を借りてマスコミや捜査機関を押さえることもできるからな」

「だから、寺尾の口を塞ぐ必要はなかった。それから、寺尾が轢き殺されるところを目撃した小室陽菜も始末する理由はない。そうおっしゃるわけですね？」

「そうだよ。不正な手段で港区内の国有地を落札したことは認める。それから、覚醒剤を情事の小道具にしたことも否定はしない。そういえば、一緒に逮捕された田所香澄と友納留衣は、わたしが入れられた三階の留置場にはいなかったようだが……」

「あなたの愛人たちは二階の独房に入れられて、いま組織犯罪対策部五課で取り調べ中です。徳島に帰省(きせい)している桐島みずほも、近日中に任意同行を求められることになるでしょう」

「三人には、優秀な弁護士を付けてやる。わたしも、検事出身の大物弁護士に力を借りるつもりだ。だから、もう捜査二課の知能犯係とバトンタッチしてくれないか。贈賄容疑で早く地検に送ってほしいな」

村瀬が腕を組み、目を閉じた。

坂東が小声で部下の安西に何か言い、椅子から立ち上がった。すぐに取調室を出て、面通し室にやってきた。

「お手間を取らせてしまいましたが、二件の殺人事件に関してはシロでしょう」

浅倉は先に口を開いた。

「自分も、そういう心証を得たよ。立花班長の了解を取ったら、取り調べを捜二の知能犯係に引き継いでもらってもいいかな?」

「班長の承諾を取る必要はありません。そのへんの判断は、こちらに委(ゆだ)ねられてますんで」

「では、そうさせてもらおう」

「よろしくお願いします」

「田所香澄の自宅の寝室に部下たちと踏み込んだときは、びっくりしたよ。村瀬の二人の愛人が素っ裸で転がってたんでね」

「坂東さん、二人の秘部を見たでしょ？」

「ああ、見たよ。二人の小陰唇に幾つも注射だこがあったので、つい凝視してしまった。警察学校で同期だった奴が長く麻薬の摘発をしてたんで、舌の裏や小陰唇に注射する覚醒剤常習者がいることは聞いてたんだがね」

「そうですか」

「そういう連中は頑なに尿検査を拒んで、見つけにくい場所に注射してると見当はつくらしいんだ」

「でしょうね。だからって、怪しい人間のトランクスやパンティーを力ずくで脱がすわけにはいきません」

「それはそうだよ。だから、根気強く被疑者を説得して尿検査に応じさせてたという話だったな。それはそうと、村瀬が覚醒剤を誠和一心会から買ってたことを自供したんで、供給先にそれとなく探りを入れてみるよ」

坂東が軽く片手を挙げ、取調室に戻った。

浅倉は面通し部屋を出て、捜査二課を後にした。エレベーターで地下三階に下り、アジトに入る。立花班長と三人の部下はソファセットに落ち着き、何か話し込んでいた。コーヒーテーブルには四つのマグカップが置かれている。

「リーダーのコーヒー、すぐ淹れます」

玲奈がソファから離れ、ワゴンに近づいた。

浅倉は立花のかたわらに腰かけ、村瀬の供述に偽りがないという心証を得たことを伝えた。

「坂東警部もそう感じたんなら、村瀬は二つの殺人事件には絡んでないんだろう」

「そう判断しても問題ないと思います。村瀬には、フリージャーナリストの寺尾を亡き者にする動機があることはあったんですがね」

「そうだな。その寺尾が無灯火のワンボックスカーに撥ねられたシーンを偶然に目撃した小室陽菜の口を封じる理由もあったんで、村瀬に疑惑を向けてきた。だが、読みは外れてしまった」

「ええ。転落死した白石信之、その兄の渉、財務省の高官、村瀬から元国有地を譲渡された『誠心エステート』にもそれぞれ疑わしい点があります」

「そうだね」

「姿をくらましてる道又亜未の存在も気になります。不妊治療の担当医だった白石信之に頼まれて森下の精液を十万円で買った亜未が、二階堂さつきに冷凍したザーメンをスキンごと譲ったことがどうも解せないんですよ」

「そうだね。不妊治療を受けてる仲間に警察の目を向けようとした作為が感じられなくはない」

「そうなんですよ」

「亜未は短大生のころにつき合ってた森下に何か苦い思いをさせられたんで、元交際相手をレイプ殺人犯に仕立てたかったんじゃないっすかね？」

乾が浅倉に話しかけてきた。

「そういうことがあったんだったら、亜未は森下と別れた後は一切連絡をとらなかったはずだ」

「そうだろうな。二人は交際しなくなってからも、近況を伝え合ってたという話だったから、読みが違うっすね」

「宮内は、どう推測してる？」

浅倉は問いかけた。

「転落死した白石信之を個人的に怪しんでたんですが、不倫相手の昔の彼氏を陥れる理由はないんですよね。女にだらしのない白石が亜未の夫や元彼氏にジェラシーを感じるわけありませんでしょ？」

「そうだな。それ以前に、まったく利害関係のない森下に濡衣を着せる気になるわけないだろう。ただな、白石信之は村瀬理事長に抱き込まれて、兄の渉に働きかけた」

「ええ、そうですね。そのことを捜査当局に知られたくないという理由で、不正落札のことを取材してた寺尾を葬る気になる可能性はあるでしょう。しかし、亜未が手に入れた森下の精液は小室陽菜の体内から採取されたんです」

「白石が不都合な人間の口を塞ぎたいと考えてたら、真っ先に寺尾を始末して、その後に陽菜を手にかけただろうと言いたいんだな？」

「そうです、そうです。兄貴の白石渉も収賄の件が表沙汰になったら、一巻の終わりでしょ？　だからといって、若手官僚が直に自分の手を汚すとは思えないんですよ。白石渉も二つの殺人事件にはタッチしてないんではありませんか」

「おれも、そう思う」

「消去法でいくと、若手官僚に目をかけてる財務省の高官と誠和一心会が怪しいことになるね」

立花班長が浅倉に言った。

「ええ。それから、財務省高官と族議員が以前から結託して特定の法人や団体に不正に国有地を払い下げ、リベートを受け取ってたとしたら……」

「財務省の高官と族議員も疑わしくなるね。白石渉に目をかけてるのは事務次官の由良数馬だと思われるんだが、別働隊もその裏付けは取ってない。また、由良と癒着してる大物政治家が誰なのか把握もしてないわけだ」

「ええ」

「リーダー、ちょっといいですか」

玲奈が浅倉の前にマグカップを置き、斜め前のソファに浅く腰かけた。

「蓮見は、もう犯人の目星はついてるのか？」

「殺人捜査一年生のわたしをからかうなんて、リーダー、性格が悪くなったんじゃありません？」

「からかったわけじゃないよ。蓮見は筋がいいんで、加害者に見当がついたかもしれないと思ったんだ」

「まだ犯人の顔は見えてきません。道又亜未が森下の精液を悪用したのだとしたら、なぜなのか考えてきたんですよ」

「で？」

浅倉は先を促した。

「亜未は、姑の肩を持つ夫に対して愛情が冷めたので不倫に走ったんでしょうね。白石信之に強く惹かれたことは確かなんでしょうけど、相手は多情な男です。つき合っているうちに、いずれ自分は棄てられると感じはじめたんじゃないのかしら？」

「そうかもしれないな。それだから?」

「亜未は離婚して不倫相手とも別れ、自立する気になってたのかもしれませんよ。誠和一心会と結びつきがあるとは考えにくいですから、財務省の高官か族議員と何らかの接点があったんじゃないのかな。独身のころ、そのどちらかと多少のつき合いがあったとは考えられませんか?」

「亜未は独身時代、銀座あたりのクラブで週に何日かヘルプをしてたんだろうか。給料だけでは、ブランド物のバッグや服は買えないからな」

「その種のアルバイトをしてて、エリート官僚か族議員と知り合った可能性はゼロじゃないと思うんですよ」

「話をつづけてくれないか」

「はい。亜未は不倫相手から、知り合いの高級官僚か国会議員が不正落札に関わってることを聞かされ、不正の揉み消しを手伝い、相応の謝礼を貰うつもりだったんじゃないかな。わたしの筋の読み方はリアリティーがありませんか?」

「そんなことはないよ。亜未に限らず、女性の多くは逞しい。誰にも頼らずに自立するには何かと物要りになる。住む所を確保しなければならないし、すぐに働き口が見つかるかどうかもわからない」

「亜未は不倫に走ったわけですから、離婚時に慰謝料は貰えません。実家には戻りにくいとなったら、自立資金が必要になるでしょうね」

「そうだな。亜未は不倫相手の実兄が絡んでる汚職の揉み消しを手伝えば、少しまとまった金を手にできると考えたんだろうか」

「そうなのかもしれませんよ。寺尾殺しには亜未は関わってないんでしょうけど、轢き逃げ事件の目撃者抹殺では何か手伝えると考えたんじゃないですか？」

「それで、短大時代につき合ってた森下の精液を手に入れ、白石信之に渡したのだろうか。白石は、その精液を実行犯に与えた。実行犯は猟奇殺人に見せかけて、小室陽菜を殺害した。ストーリーは一応、繋がってるな。問題は誰が実行犯だったかだ」

「そこまでは読めないんです」

　玲奈がきまり悪そうに笑い、首を竦めた。

　数秒後、橋爪刑事部長が秘密刑事部屋を訪れた。立花が反射的に立ち上がる。浅倉たち四人の部下も腰を浮かせた。

「みんな、坐ってくれないか。別働隊の調べで、意外なことがわかったんだ。『曙交易』の山根知佳は、財務省の由良数馬の母方の従妹だったんだよ」

「そういうことなら、白石渉を操ってたのは由良事務次官と考えてもいいでしょう」

　立花が橋爪に言った。

「そうだね。『白愛会病院』は、取得した問題の元国有地を『誠心エステート』に譲らされた。その物件は、さらに『曙交易』に転売されてる。由良は自分の従妹がダイレクトに例の元国有地を買い取ると怪しまれると考え、ワンクッション置いて誠和一心会の企業舎弟に先に取得させたんじゃないだろうか」

「ええ、考えられますね」

「山根知佳は知的な美人みたいだが、金銭欲が強いらしいんだ。中国から農産物や水産加工物の輸入をビジネスにしてるせいか、池袋一帯を根城にしてる福建マフィアの老板の胡義安、五十四歳と親しくしてるそうだよ」

「福建省出身の不良滞在者たちは十数年前に上海マフィアとの抗争に敗れ、拠点を大久保から池袋に移したはずです」

「連中は上海マフィアのように荒っぽいことはやらないみたいだが、来日中の富裕な同胞を誘拐して、身代金をせしめてるそうだ。それからリッチな中国人が買った日本の不動産や水利権を只同然で取得し、転売ビジネスで荒稼ぎしてるらしい。それから、ボスの胡は誠和一心会の老沼喬会長と親交があるようだから、元国有地は『曙交易』に渡るように初めから仕組まれてたんじゃないのか」

「そう疑えますね。由良事務次官は政界に転じることを考えてるようですから、母方の従妹に選挙資金を捻出させる気なのかもしれません」

「キャリア官僚にそうした悪知恵を授けたのは、財務省の族議員っぽいですね」

浅倉は言って、立花と橋爪を等分に見た。先に口を開いたのは橋爪刑事部長だった。

「そうだな。利権を貪ってる古株の国会議員は曲者ばかりだからね。世間知らずの事務次官にうまいことを言って、自分が甘い汁を吸いたいと考えてるんじゃないのか」

「そう勘繰りたくなりますよね。族議員どもは強欲ですから、キャリア官僚なんかたやすく騙せるでしょう」

「女社長の山根知佳と従兄の由良事務次官をマークしてみてはどうかね。具体的な作戦は立花班長と練ってくれ」

橋爪が秘密刑事部屋から出ていった。せっかちな足取りだった。

浅倉は三人の部下の背後に回り込み、立花の指示を待った。

4

炸裂音が轟いた。

橙色を帯びた赤い閃光が拡散した。何者かが『曙交易』のエントランスロビーに手榴弾を投げ込んだことは間違いない。ちょうど午後八時だった。

「行くぞ」

浅倉は乾に声をかけ、スカイラインの助手席から飛び出した。乾も車から出てくる。

二人は午後四時前から『曙交易』の近くで張り込んでいた。宮内と玲奈は、由良事務次官の動きを探っている。

『曙交易』は、西新宿四丁目にあった。十二社通りから一本奥に入った通りに面していた。社屋は四階建てで、間口はそれほど広くない。

『曙交易』の真ん前に四十年配の男がいた。何かを投げようとしている。握っている物は手榴弾だろう。すでにピン・リングは引き抜かれているようだ。

男がオリーブグリーンの塊を『曙交易』の玄関に投げつけた。爆発音が響き、ドアのガラスが砕け散る。

「おい、何をしてるんだっ」

乾が駆けながら、大声で咎めた。

二発の手榴弾を投げ込んだ男がぎょっとして、身を翻した。逃げ足は速い。

「女社長が騒ぎに驚いて、どこかに避難するかもしれない。おまえは張り込みを続行してくれ」

浅倉は部下に指示し、全速力で疾駆した。

男が裏通りに逃げ込んだ。低層のビル、マンション、民家が混然と建ち並んでいる路地だ。男の走る速度が落ちてきた。どうやら息苦しくなったようだ。浅倉は懸命に迫った。みるみる距離が縮まる。

浅倉は助走をつけて、高く跳躍した。男の背に強烈な飛び蹴りを見舞う。

四十絡みの男は前のめりに倒れ、長く呻いた。顔面を路地にまともに打ちつけたのだろう。

「立つんだ」

浅倉は男の後ろ襟を摑もうとした。ちょうどそのとき、男が横に転がった。

その手には、コマンドナイフが握られていた。刃渡りは十五、六センチだった。

「ナイフを捨てないと、痛い目に遭うぞ」

浅倉は身構えながら、そう忠告した。

無駄だった。四十男が半身を起こし、コマンドナイフを水平に薙いだ。

刃風は高かったが、切っ先は浅倉から三十センチも離れていた。冷静さを失っているにちがいない。

「抵抗する気なんだなっ」

「………」

「仕方がない」

浅倉は言いざま、相手の喉笛のあたりを蹴った。

男が奇声を発し、前屈みになった。すかさず浅倉は、相手の頭部に踵落としをくれた。

男が獣じみた唸りを放ち、横倒しに転がった。コマンドナイフが路上に落ち、無機質な音をたてる。

浅倉はコマンドナイフを道端に蹴り込み、男の近くに屈み込んだ。

「何者なんだ？　なぜ『曙交易』に手榴弾を投げ込んだんだっ」

「うーっ」

相手は呻くだけで、答えようとしない。

浅倉は左手で男の頭を鷲掴みにして、右手で相手の頰を強く挟んだ。力を込めると、顎の関節が外れた。男が喉の奥で唸りながら、体を左右に振りはじめた。激痛に耐えられなくなって、のたうち回っている。

浅倉は乾の刑事用携帯電話を鳴らした。ワンコールで、通話可能状態になった。

「山根知佳は騒ぎで外に出てきたのか？」

「いや、会社に留まってるっすよ。表に出たら、かえって危険だと判断したんじゃないっすか」

「そうなのかもしれないな。手榴弾を投げ込んだ奴を取り押さえて、顎の関節を外したところだ」

「何者だったんす？」

「何も喋らないんで、ひとまずスカイラインに収容しよう。乾、車をこっちに回してくれ」

「リーダー、どのへんにいるんすか？」

乾が訊いた。浅倉は質問に答えて、電話を切った。

少し待つと、スカイラインが近づいてきた。

乾が急いで車を降り、もがき苦しんでいる男を肩に軽々と担ぎ上げた。そのまま、スカイラインの後部座席に押し込む。

浅倉は男の横に乗り込み、運転席に坐った乾に指示した。

「『曙交易』のある通りに出たら、すぐ暗がりに車を停めてくれ。すぐにパトやレスキュー車が到着するだろうから、対象者の会社から離れた所に駐めてくれな」

「心得てるっすよ」

乾が車を走らせ、ほどなく左のターンランプを灯した。

スカイラインは左折すると、すぐ路肩に寄せられた。『曙交易』からは、五十メートルほど離れた場所だった。

浅倉は、涎を垂らしている男の体を探った。ベルトの下にノーリンコ59を挟んでいた。中国でライセンス生産されているマカロフだ。旧ソ連で設計された中型ピストルである。中国軍や警察で使用されているはずだ。

「こいつ、ダブルアクションの拳銃を持ってたよ」

浅倉はルームランプを灯し、ノーリンコ59の銃把から弾倉を引き抜いた。九ミリ弾が九発装塡されている。浅倉は弾倉を手早く銃把の中に押し入れ、男の所持品を検べた。札入れのほかパスポートが懐に入っていた。

男は中国人だった。楊長江という名で、満四十三歳だ。浅倉はルームランプを消し、楊の顎の関節を元に戻した。

楊が肺に溜まっていた空気を一気に吐き出した。

「パスポートを返してほしかったら、質問に答えるんだな」

浅倉はノーリンコ59の撃鉄を親指で搔き起こし、銃口を楊の脇腹に突きつけた。

「それ、わたしの……」

「日本語、喋れるようだな」

「うまくないけど、日常会話はＯＫね。あなたたち、何者？」

楊が浅倉の横顔を見た。

「警察関係者だが、そっちが『曙交易』に二度も手榴弾を投げ込んだことは大目に見てやってもいい。もちろん、捜査に協力してくれたらの話だ。拳銃の不法所持にも目をつぶってやろう」

「………」

「日本の刑務所に入ってみたくなったか」

「それは困る。困りますよ。わたし、上海でいろいろなビジネスをやって、ちょっとお金持ちになりました。でも、中国は土地の個人所有を認めてない」

「そうだな。それで、日本の土地を買ったわけか」

「ええ、そうね。港区内に商業ビル用地を十二億円で買いました。一年ちょっと前です。でも、『曙交易』の子会社の『光栄地所』にたったの三億円で転売させられたんです」

「なぜ、そんな羽目になったんだ？」

浅倉は問いかけた。そのとき、サイレンの音が重なって響いてきた。楊が体を硬直させる。

『曙交易』の前に、パトカー、消防車、レスキュー車が次々に停まった。いつの間にか、夥しい数の野次馬が群れていた。報道関係者も集まるだろう。

「『曙交易』と『光栄地所』の代表取締役の山根知佳は、悪魔みたいな女ね。女社長は、池袋を縄張りにしてる福建グループの親玉と男女の仲なんです」

「そのボスの名は胡義安だな？」

「そう、そうです。胡は美人社長に夢中で、言いなりになってる。わたしの妻と娘は観光で日本に来たとき、胡の手下どもに拉致されて板橋の自動車解体工場に連れ込まれ、圧縮機の間に投げ込まれたんです。二人とも手脚をロープで縛られてたんで、身動きもできませんでした」

「そのシーンを胡の子分は動画撮影して、あんたに送信したんじゃないのか？」

「あなたの言った通りです。その後、胡本人がわたしに電話してきて、港区内のビル用地を『光栄地所』に三億円で譲らなければ、妻と娘を圧死させると……」

「あんたは脅迫に屈して、商業ビル用地を手放したわけだ？」

「お金よりも、家族の命のほうが大切ね。仕方なかったんです。でも、時間が経つにつれて胡と山根知佳に対する怒りと憎しみがぶり返してきました」

「当然だろうな」

「胡は富裕層の同胞が来日すると、手下の者たちに誘拐させて巨額の身代金をせしめてるんですよ。要求を呑まなかった企業家の何人かは、いまも行方がわかっていません。おそらく胡の命令で、子分たちが人質を殺害したんでしょう」

「おそらく、そうなんだろうな」

「『光栄地所』は中国人だけではなく、日本の資産家が所有してる土地を安値で手に入れてるんですよ。胡がそういう人たちに恐怖を与えてるにちがいありません。女社長は手に入れた物件を大手不動産会社やメガバンクの不動産部に転売して、大きな売却益を得てるみたいです」

「おたくは何か仕返しをする気だったんすね？」

乾が振り向いて、楊に確かめた。

「そう。わたしは会社の玄関ホールに手榴弾を二発も投げ込めば、そのうち山根知佳は表に出てくると思ったんです。そしたら、女社長を囮にして、胡を誘き出そうと計画してたんですよ」

「ノーリンコ59で二人を射殺する気だったのか？」

「ええ。だけど、それはできなくなってしまった。胡たち二人にどうしても復讐したかったんですけどね」

「おたくの気持ちはわかるけど、殺人はよくないっすよ」

「二人を撃ち殺したら、わたしもその場で頭に銃口を当てるつもりでした。どっちも悪人ですけど、一応、人間です。それなりの償いはしないとね」

「報復を果たせば、少しは気が晴れると思うっすよ。けど、遺された家族は生きづらくなるでしょ？　そこまで考えないと……」

「人殺しにならなかったほうがよかったんですかね」

　楊が自問して、下を向いた。乾が前に向き直る。

「あんた、胡義安の自宅や事務所を知ってるな？」

　浅倉は訊ねた。

「オフィスは、南池袋公園近くのサファイアビルの七階にある。胡は貴金属商なんだが、商品の多くは故買品ですよ。中国エステ、食料品店なんかも経営してる。それに、同胞に金を貸して高利を得てるんだ。売春クラブや拳銃の密売もやってます」

「麻薬の密売もやってそうだな」

「それは、よくわかりません。でも、誠和一心会の老沼という会長と親しいから、あらゆる闇ビジネスに手を染めてるんでしょう」

「だろうな。胡(フー)の自宅は、どこにあるんだ？」

「あの男は月単位で池袋のホテルを転々として、自分の定まった住まいはないんですよ。いろいろ悪いことをしてるんで、自宅を構えると襲われるかもしれないと考えてるんでしょうね」

「家族はいないんだな？」

「福建省に妻子がいるようですが、ほとんど縁が切れてるみたいです。日本で何人も愛人を作ったんで、奥さんや子供たちに愛想(あいそ)を尽(つ)かされたんでしょう」

「そうなんだろうな。現在、胡(フー)はどのホテルに泊まってるんだ？」

「東京芸術劇場の斜(なな)め裏にあるシティホテルに泊まってる。わたし、胡(フー)を何度も尾行したんで、それは確かです」

楊(ヤン)がホテル名を明かし、部屋番号も口にした。一二〇五号室だった。十二階のスイートルームを塒(ねぐら)にしているようだ。

「山根知佳は、よく胡(フー)の部屋を訪ねてるのかな？」

「正確なことはわからない。でも、女社長が週に一度は胡(フー)の部屋に泊まってることは間違いありません。わたし、ホテルマンに少し多めのチップを渡して、そのことを聞き出しましたので」

「そう。胡(フー)の泊まってるホテルに子分たちはよく出入りしてるのかな？」

「そういうことはないとホテルマンが言ってました」

「あんたは女社長を人質に取ったら、胡(フー)をどこかに誘(おび)き出すつもりだったんだろう？」

「神宮前(じんぐうまえ)にある山根知佳の自宅マンションに胡(フー)を呼びつける計画でした。二人をさんざん嬲(なぶ)ってから、射殺しようと思ってたんです。女社長が住んでる『神宮前エルコート』は三階建てなんですが、堅固(けんご)な造りなんですよ。二人が泣き喚(わめ)いても、隣室の入居者には聞こえない感じでしたよ」

「山根知佳の部屋は何号室なのかな？」

「三〇一号室です。三階の角部屋ですよ」

「そうか。これは返してやろう」

浅倉は、楊(ヤン)にパスポートを渡した。すると、楊(ヤン)が怪訝(けげん)な顔つきになった。

「どういうことなんです？　わたし、理解できません。『曙交易』に二発も手榴弾を投げ込んだんですよ」

「そうだったな。しかし、怪我人は出なかったようだ。あこぎなことをやってる女社長の会社の一部が破損しただけだから、見逃してやるよ」

「ああ。ただ、ノーリンコ59は押収するぞ。いいな?」

「は、はい」

「この拳銃と二個の手榴弾の入手経路を聞かせてもらおうか」

「新宿で幅を利かせてる上海グループの中に幼馴染みの男がいるんですよ。その彼はわたしに同情してくれて、山根知佳と胡義安の二人を始末してくれると言いました。でも、わたし、自分の手で仕返しをしたかった。だから、ノーリンコ59と二個の手榴弾を安く譲ってもらったわけです」

「そう」

「その幼友達の名前は、わたし、言えません。上海人は友人をとても大切にしてるんですよ。友達を裏切るぐらいなら、わたしは捕まったほうがいいね。手錠を掛けてもかまいません」

「幼馴染みの名は言わなくてもいいよ。なるべく早く帰国したほうがいいな。いつまでも東京でうろついてると、胡の手下どもに取っ捕まるぞ。もう自由にしてやろう」

浅倉は言った。

「本当に大目に見てくれるんですか?」

「ああ」

「本当に⁉」

「ありがとうございます。謝々(シェイシェイ)！　あのう、女社長はどんな悪事を働いて警察にマークされてるんですか？」

「そういう質問には答えられないな」

「わかりました。あなたたちのこと、わたし、ずっと忘れません」

楊(ヤン)が浅倉たち二人に深々と頭を下げ、スカイラインを降りた。『曙交易』とは反対方向に足早に去った。

浅倉はいったん車を降り、助手席に腰を沈めた。押収したノーリンコ59をグローブボックスの奥に収める。

「リーダー、いいんすか。楊(ヤン)は手榴弾を二発も投げ込んだんすよ」

「しかし、人間は誰も傷つかなかった」

「そうっすけど、楊(ヤン)の話が事実じゃないとしたら……」

「あの男の話は信じてもいいだろう。おれは楊(ヤン)の表情をずっとうかがってた。嘘をついてる様子じゃなかったよ。十五年も刑事(デカ)をやってりゃ、そのぐらいはわかる」

「そうっすか」

「乾、おれが独断で楊(ヤン)を逃がしてやったことを班長に告げ口してもかまわないぞ。立花さんが窮地(きゅうち)に陥(おちい)る前に、依願退職する」

「そ、そんな⁉」

「本気だよ。おれがやったことは、刑事として失格だからな」

「そうなんでしょうけど、情に流されることもあるっすよ。おれたちも、普通の人間なんすから」

「いいのか？」

「楊のことは、おれたちの胸に仕舞っておけばいいでしょ？　それで、別に問題はないっすよ」

乾が、あっけらかんと言った。浅倉は一瞬、胸が熱くなった。しかし、あえて何も言わなかった。

それから何分か過ぎたころ、玲奈から浅倉に電話がかかってきた。

「さきほど由良が白石信之の通夜が営まれてる代々木のセレモニーホールに入ったんですが、焼香を終えた直後に気になることがあったんですよ」

「何があったんだ？」

「故人の兄が由良事務次官を人のいない場所に導いて、『弟は本当に転落死したんですかね。そのうち、わたしも誰かに始末されるんじゃないのかな』なんて言ったんですよ」

「それに対して、由良はどう応じてた？」

「『弟さんが山道から誰かに突き落とされたという証拠でもあるのかっ』と語気を強めてました。若手官僚は、弟の死は他殺だと疑ってるようですね。一連の事件の首謀者は、汚れ役を引き受けた白石兄弟を始末する気なんでしょうか」

「そうなら、兄貴のほうが先に殺られると思うがな。不正落札に関わったのは、渉のほうなんだから」

「そうですが、弟の信之も小室陽菜殺しに関与した疑いがあります。弟から先に口を封じられたとしても、不思議ではない気がしますけどね」

「とにかく、宮内と一緒に由良事務次官を追尾してくれ」

浅倉は電話を切って、玲奈の話を乾に語りはじめた。

5

現場検証が終わって小一時間が経つ。

警察車輌やレスキュー車は、とうに事件現場を去っていた。報道関係者の姿も消えている。人影は目に留まらない。

スカイラインは、『曙交易』の数十メートル離れた路上に移動していた。

「楊が作り話をしたとは思えない」

浅倉は運転席の乾に言った。

「おれも、そう思うっすよ。由良事務次官は選挙資金を捻出したくて、『白愛会病院』に国有地を不正に払い下げてやり、まとまった謝礼を貰ったことは間違いないっすね」

「そうなんだろう。四、五千万は貰ったのかもしれないが、その程度では足りない。だから、由良は母方の従妹を唆して……」

「山根知佳、彼氏の胡義安に富裕な中国人が取得した日本の不動産を『曙交易』の子会社に安値で譲渡させてもらってた。日本人資産家の不動産も『光栄地所』は安く買い叩いてたんでしょう」

「そうにちがいない。日本人資産家を脅迫したのは、主に誠和一心会の構成員たちだったんだろう。胡の子分たちは、おそらく日本語では不動産売買の話をするのは無理だろうからな」

「そうだったんだと思うっすよ。そうして女社長が不動産の転売で儲けた金の何割かを由良は吸い上げてたんでしょう。もちろん、女社長は汚れ役を引き受けた胡や誠和一心会の老沼会長にも相応の分け前をやってたはずっす。それでも、『光栄地所』は土地転がしで甘い汁を吸えたんじゃないっすか」

「そうじゃなければ、危い裏ビジネスに励まないさ」

「そうっすよね。フリージャーナリストの寺尾は国有地の不正落札の取材を重ねた結果、転売ビジネスのからくりを見抜いたんじゃないっすか。それだから、消されてしまったんでしょう」

「そう考えてもいいだろうな。ワンボックスカーで寺尾を撥ねて死なせたのは誠和一心会の構成員か、胡の子分なんだろう。加害車輛の助手席に乗ってた男は、犯行を目撃した小室陽菜を追跡して名前と住所を突きとめた。そのことを考えると、轢き逃げの実行犯は中国人じゃなさそうだな」

「そうっすね。誠和一心会の身内の二人がワンボックスカーに乗ってたんでしょ？　けど、そいつらが陽菜を殺害したとは思えない。依然として行方がわからない道又亜未とは接点がないっすからね」

乾が言った。

「そうだな。森下の精液を手に入れた亜未と最も結びついてるのは、越前岳で転落死した白石信之だ。産科医は兄に『白愛会病院』に港区内にあった国有地を払い下げるよう裏工作をしてくれと頼んで、村瀬理事長から五百万円を貰った。不正落札に手を貸した兄貴も同じ額の謝礼を受け取った」

「そうっすね。けど、白石兄弟は轢き逃げ事件の目撃者を殺害してないっすよ。白石渉はセレモニーホールに弔問に訪れた由良事務次官に自分ら兄弟を始末するんじゃないかと詰め寄ってたそうじゃないっすか」

「陽菜殺しに関しては、白石兄弟はシロだろうな」

「小室陽菜を殺害したのは、由良に雇われた犯罪のプロなんじゃないっすか？」

「そうなんだろうが、政界に進出したがってるエリート官僚がそこまで考えるだろうか。所詮は保身本能の強い役人だからな」

「リーダー、それだからなんじゃないっすかね。由良は国有地の不正払い下げや従妹にやらせてる不動産の転売ビジネスで選挙資金を捻出したことを暴かれたくなかったんで、寺尾と小室陽菜を第三者に始末させる気になったんじゃないっすか」

「由良に政界入りを勧めた有力国会議員がダーティな手段で選挙資金を調達しろと悪知恵を授けて、指導料を取ってたとは考えられないか。そうだとしたら、その大物議員は寺尾に自分もいつか告発されるのではないかと怯えるだろう」

「あっ、そうか。財務省の族議員が、由良に悪知恵を授けた可能性はあるっすね」

「おれは、その族議員と道又亜未に何か接点があるんじゃないかと思いはじめてるんだ」

「えっ」

「根拠はないんだが、もしかしたら、亜未が山道から白石信之を斜面の下に突き落としたのではないと考えてるんだよ。そうだったとしたら、不倫妻は離婚後の自立資金を由良の背後にいる大物国会議員から引き出すつもりなんだろう」

「亜未が不倫相手を殺したかもしれないんすか」

「推測通りなら、亜未はそのうち白石渉も亡き者にする気なんだろう。それ以前に、彼女は猟奇殺人に見せかけて轢き逃げ事件の目撃者の小室陽菜を殺害したのかもしれない」

「リーダー、待ってくれませんか。おれ、思考力が鈍ってきて……」

「亜未が森下の精液を十万円で買ったのは自分に妊娠能力があるということを姑に示したかったんではなく、短大時代につき合ってた男に何らかの理由で復讐したかったんだろうな。だから、森下をレイプ殺人犯に仕立てたかったんじゃないか」

「けど、亜未は森下と別れてからも近況を伝え合ってたんすよ」

「そこが女の怖いところだよ。女たちは、生まれながらにして〝女優〟の要素を持ってるからな。亜未は森下と友達づき合いをしながら、復讐のチャンスをうかがってたとも考えられる」

浅倉は口を閉じた。乾が複雑な顔つきになった。しかし、何も言わなかった。

『曙交易』の地下駐車場から白いアウディが走り出てきたのは六、七分後だった。

浅倉はドライバーを見た。山根知佳だ。立花班長が張り込む前に送信してくれた写真メールを見ていて、由良事務次官の従妹の顔は確認済みだった。

アウディが遠ざかった。

乾がスカイラインを発進させかけたとき、暗がりから二人の男が飛び出してきた。乾がライトをハイビームにする。

二人組は日本人ではなさそうだ。顔の造りが少し異なる。どちらも眼光が鋭い。

アウトローには見えなかった。不良中国人たちは、日本のやくざのように派手な恰好をしているわけではない。髪型も、いわゆる七三分けが多いようだ。

よく見ると、片方の男は青龍刀を手にしていた。胡の手下だろう。

「福建マフィアっすよ、多分」

乾が短くクラクションを鳴らした。それでも、二人の男は路上に立ち塞がったままだ。

「うっとうしい奴らだ」

乾が舌打ちして、車を急発進させた。

青龍刀を握った男は、反射的に横に跳びのいた。もうひとりの男がフロントグリルに腹這いになり、ワイパーの留具を掴んだ。

乾が車を蛇行させはじめる。

車にしがみついた男の体は不安定に揺れたが、路面に落下することはなかった。青龍刀を持った男がスカイラインを追ってくる。

浅倉は乾に車を停めさせ、助手席から出た。フロントグリルから滑り落ちた男が突進してくる。立ち止まるなり、腰の後ろから手斧を引き抜いた。

「胡の子分だな？」

浅倉は訊いた。

男は黙ったまま、手斧を振りかぶった。浅倉はステップインして、すぐに後ろに退がる。誘いだった。案の定、男が手斧を振り下ろした。

空気が縺れた。相手が前のめりになった。浅倉は踏み込んで、男の睾丸を蹴り上げた。

相手が手斧を足許に落とし、唸って屈み込む。隙だらけだった。

「リーダー、危ない！」

運転席から出た乾が大声をあげた。

浅倉は体を反転させた。青龍刀を振り翳した男がすぐ近くに迫っていた。浅倉は身を躱し、電子麻酔拳銃をホルスターから引き抜いた。刃物を持った男がたじろぐ。

乾が太い腕を男の首に回し、青龍刀を奪い取った。厚みのある刀身を相手の首筋に密着させる。男の眼球が盛り上がった。

「てめえら、胡の子分だろうが！」

「日本語、よくわからない」

「なめんじゃねえぞ。てめえの首を刎ねてやろうか。え？」

「それ、やめて。そう、わたしたち胡さんの下で働いてる」

「なんて名だ？」

「わたし、汪ね。仲間は閩という名前よ。胡さんの彼女、誰かに見張られてる。老板、そう言ってた」

「で、てめえらは『曙交易』に来たわけか」

「そう。それ、正しいよ」

「日本語の勉強が足りねえな。山根知佳はどこに行った？」

「わからないよ。老板は池袋のホテルにいる。わたしも、閔もそれしか知らないね。本当の話よ」

汪と名乗った男は、明らかに怯えている。まだチンピラなのだろう。

浅倉は閔を摑み起こし、胡が山根知佳とつるんでいるかどうか確かめようとした。しかし、閔も何も知らなかった。

「こいつらには、しばらく眠っててもらおう」

浅倉は部下に言って、先に閔の腹部に麻酔ダーツ弾を撃ち込んだ。

閔が頽れる。浅倉は体の向きを変え、汪にも麻酔ダーツ弾を浴びせた。

乾が青龍刀を道端まで滑走させると、自分の電子麻酔拳銃を引き抜いた。

「念のため、二発ずつ喰らわせたほうがいいと思うっすよ」

「そうするか」

浅倉は閔の肩に二発目を撃ち込んだ。

乾が、路面に転がった汪の腰に麻酔ダーツ弾を埋める。それから彼は、二人の中国人を路肩まで引きずった。早くも汪と閔は意識を失っていた。一時間半は我に返らないだろう。

浅倉たち二人はスカイラインに乗り込んだ。

「女社長は、胡が月極で泊まってるホテルに行くんだろう。池袋に向かってくれ」

「了解っす」

乾が車を走らせはじめた。

靖国通りをたどり、明治通りに入る。早稲田通りに差しかかったとき、宮内から浅倉に電話があった。

「報告が遅くなりましたが、セレモニーホールを出た由良はタクシーに乗り込みました。そして、渋谷区南平台町にある民自党の古沢登志夫の私邸を訪ねました。まだ邸から出てきません」

「古沢は、財務省の族議員として知られてるな。これまでに幾度も東京地検特捜部に汚職の疑惑を持たれながらも、起訴は免れてきた」

「そうですね。六十七歳の国会議員はなかなかの策士のようですから、由良に土地の転売で選挙資金を工面すればいいとアドバイスして、多額の指導料を貰ってたんでしょう」

「その疑いはあるな」

「あっ！」

「宮内、どうした？」

「古沢邸から道又亜未が出てきたんですよ」

「そうか。蓮見に亜未を尾行させてくれ」

浅倉は命じて、電話を切った。刑事用携帯電話(ポリスモード)を懐に戻し、乾に通話内容を教える。

「リーダーたちの筋の読み方は正しかったみたいっすね。道又亜未は自立する資金欲しさになんの恨みもない小室陽菜を殺(や)ったんでしょう。手口からレイプ殺人と捜査当局が判断すると考え、森下の精液を悪用したようっすね。亜未は独身のころ、古沢の愛人だったのかもしれないっすよ」

「あるいは、選挙のときにウグイス嬢を務めたことがあるんじゃないか。どっちにしても、古沢議員とは知り合いだったんだろうな」

「亜未は、陽菜と白石兄弟を亡き者にしたら、古沢から億以上の成功報酬を貰えることになってたんじゃないっすか。白石信之を山道から突き落としたのも、亜未臭いな」

「まだわからないぞ。胡(フー)と山根知佳を追及してみようや」

「そうっすね」

乾が運転に専念した。

目的のホテルに着いたのは二十数分後だった。浅倉たちは車を地下駐車場に置き、エレベーターで十二階に上がった。エレベーターホール付近だけではなく、通路に防犯カメラが設置されている。一二〇五号室の前で、下手(へた)なことはできない。

「ホテルマンになりすまそう」

浅倉は乾に耳打ちして、胡(フー)の部屋のチャイムを鳴らした。

ややあって、中年男性の声がドア越しに響いてきた。

「あなた、誰？　いま、忙しいね」

「ホテルの者です。お部屋のスプリンクラーが誤作動する恐れがありますので、点検させていただけませんでしょうか？」

「どちらのスプリンクラーがおかしい？　控えの間か、それとも寝室？」

「どちらも漏水（ろうすい）する恐れがあります」

「それ、困ったね。時間、どのくらいかかる？」

「十分ほどで点検は終わらせます。ご迷惑でしょうが、なにとぞご協力くださいますように……」

「わかった。いま、ドアを開けるよ」

「よろしくお願いします」

浅倉は言って、乾に目配せした。

乾が防犯カメラのレンズを背で塞ぐ。浅倉は死角になったことを目で確認し、ホルスターからテイザーガンを引き抜いた。

数秒後、ドアが開けられた。応対に現われた胡義安（フーイアン）はガウン姿だった。吐く息が酒臭い。

浅倉は胡（フー）を押しやり、テイザーガンの引き金を絞った。放った銃弾が割れ、飛び出した二本の電極針が胡の太い首に突き刺さった。

強力な電流を送る。胡は奇妙なダンスを舞いながら、絨毯の上に倒れた。乾が部屋の奥に走る。テイザーガンを握っていた。

「山根知佳が来てるな。どこにいる？」

「それ、誰？」

「とぼけやがって」

浅倉は、ふたたび引き金を絞った。胡が転げ回った。

寝室から出てきた乾が首を横に振る。

「バスルームを覗いてみろ」

浅倉は言った。乾が足早に浴室に向かった。数分後、白いバスローブ姿の知佳が乾に引っ立てられてきた。

「おれたちは警視庁の者だ。国有地の不正払い下げのことを熱心に取材してた寺尾圭吾を無灯火のワンボックスカーで撥ねて死なせたのは、誠和一心会の構成員なんだなっ」

「いったい何の話なんです？」

浅倉は、聡明そうな美人社長を見据えた。

「あんたの彼氏の胡が誠和一心会の老沼会長にフリージャーナリストの寺尾を始末してくれって頼んだようだな。あんたの従兄の由良は『白愛会病院』に港区内にあった国有地千数百坪を不正に落札させ、何千万円かの謝礼を受け取ったにちがいない」

「警察関係者が臆測でそんなことを言うのは問題ね。あなた、従兄に告訴されるわよ」

「こっちは状況証拠を握ってるんだ。もう観念するんだな」

「令状もないし、部屋に押し入ったりして！」

「由良は政界入りを考えてたが、巨額の選挙資金を工面できずに頭を抱えてた。そんなとき、族議員の古沢登志夫がいい考えを授けてくれた。そうだなっ」

「もう出ていってちょうだい。迷惑だわ」

「黙って聞け！　古沢は、富裕な中国人や日本の資産家が所有してるビル用地やマンション用地を安く買い叩けば、転売でいくらでも儲けられると由良に教えたんだろう。あんたは土地転がしで荒稼ぎできると判断し、従兄に協力した。つき合ってる胡と誠和一心会の力を借り、土地の所有者たちを脅迫して物件を超安値で取得した。売却益の何割かを従兄と古沢議員に渡し、胡と誠和一心会の老沼会長にも相応の謝礼を払った。どこか間違ってるか？」

「まったく身に覚えがない話ばかりだわ」

「リーダー、まどろっこしいっすよ」

　乾が知佳にテイザーガンの銃口を向け、引き金を強く絞った。知佳が体を揺らしながら、床に倒れ込んだ。四肢が震えている。

「おまえら、女性に荒っぽいことをした。それ、よくない」

胡が上体を起こした。浅倉は胡にまたもや高圧電流を送った。コンビは引き金を絞りつづけた。

胡と知佳は唸りながら、のたうち回った。

やがて、二人はぐったりとなった。浅倉と乾はUSソーコム・ピストルに持ち替え、胡と知佳の周りに銃弾を撃ち込んだ。二人は相前後して、尿を洩らした。湯気が立ち昇りはじめる。

知佳は両手で顔面を隠しながら、悪事の数々を自供した。ほぼ浅倉の推測通りだった。

寺尾圭吾を無灯火のワンボックスカーで撥ねて死なせたのは、誠和一心会の構成員の戸松真一、二十八歳だった。轢き逃げ事件を目撃した小室陽菜の自宅を突きとめたのは戸松の弟分の金久保潤、二十六歳らしい。その二人は約一カ月前にタイに渡り、チェンマイ市郊外に潜伏してるという。

「小室陽菜を猟奇殺人に見せかけて絞殺したのは、道又亜未なんだな?」

浅倉は知佳に訊いた。

「従兄は、そう言ってたわ。その彼女は短大生のころに古沢先生の選挙運動のとき、ウグイス嬢をやってたらしいのよ。自分の末娘と生年月日がまったく同じなんで、先生は亜未って彼女をとてもかわいがってたみたいね」

「古沢は亜未に手をつけたんじゃないのか？」

「そういうことはなかったようよ。道又亜未は夫や不倫相手と別れて、何か事業をはじめたがってたらしいわ」

「それを知って、古沢と由良は相談の結果、亜未に不都合な人間の小室陽菜、それから白石兄弟を始末させる気になったんだな。白石信之を転落死させたのも道又亜未なんだろう？」

「ええ、そうよ。古沢先生と従兄は亜未という女性に小室陽菜、白石兄弟の三人を片づけたら、一億五千万円を払う約束をしてたの。従兄が一億円、古沢先生が五千万円負担することになってたはずよ」

「どっちも、土地の転売ビジネスの分け前でたっぷり甘い汁を吸ってたんだろ？」

「まあ、そうね。古沢先生には六億数千万円、従兄には約五億円を払ったわ」

「あんたは十億以上稼いだんじゃないのか？」

「ええ。だけど、その中から胡さんと老沼会長に二億ずつ渡したの。実質的な利益は古沢先生とほぼ同額だと思うわ」

「あんたは悪女だな」

「わたし、お金が好きなのよ。お金は、たいていの望みを叶えてくれるでしょ？　うふふ」

知佳が顔から手を離し、不敵な笑みを浮かべた。

「おれたちを買収しようたって、そうはいかないぞ」

「一億ずつ差し上げるわよ」

「銭を追い求めてるうちに、あんた、心根が腐ってしまったんだろうな。美人でも、救いようがない。別働隊が来るまで眠ってろ」

浅倉はテイザーガンを電子麻酔拳銃に持ち替え、知佳の乳房にダーツ弾を埋めた。胡にも撃ち込む。二人は、また床に転がった。

「リーダー、道又亜未はなんで森下を強姦殺人犯に仕立てようとしたんすかね？　その謎がまだ解けない」

「そうだな。とりあえず、別働隊を呼んでくれ」

「了解っす」

乾が懐から刑事用携帯電話を取り出した。

そのとき、玲奈から浅倉に電話がかかってきた。

「道又亜未の身柄を確保しました。古沢議員が用意してくれた赤坂のマンションに潜伏してたそうです。古沢と由良に頼まれて、小室陽菜を殺害したことを自供しました。それから、白石信之を越前岳の山の斜面に突き落としたこともね。陽菜と白石兄弟を始末すれば、亜未は古沢と由良から併せて一億五千万円の成功報酬を貰えることになってたそうです。彼女、離婚したら、本格的なフレンチ・レストランを経営する気だったようですよ」

「そうか。蓮見、お手柄じゃないか。亜未は、なんで森下を陽菜殺しの犯人に仕立てようとしたのかな？」

「短大生のころ、亜未は森下の子を宿したらしいんですよ。中絶するのは罪深い気がしたんで、森下に結婚を迫ったらしいの。森下は狼狽して、亜未を産婦人科医院に強引に連れてったんですって。彼女は逃げたそうなんですが、後日、森下に何度も下腹を蹴られて……」

「赤ん坊は流産しちゃったのか？」

「そうなんですって。そのことが原因で、二人は別れることになったみたい。森下が子供のことで土下座したので、その件は水に流したというんです。で、友達づき合いはしてきたんだけど、心の中では……」

「森下に対する憎しみの炎を燃やしつづけてたわけか」

「そうなんですって」

「そうだったのか。蓮見、亜未を連行して宮内の所に戻ってくれ。それで、別働隊の到着を待つんだ。いいな？」

「わかりました。別働隊は今夜中に古沢と由良に任意同行を求められるでしょうか。相手は大物政治官とエリート官僚ですんで……」

「別働隊には道又亜未を連れて古沢邸に乗り込んでもらうよ。実は、おれたちも胡と山根知佳の身柄を押さえたんだ」

「えっ、そうなんですか。リーダー、人が悪いですよ。わたし、道又亜未を全面自供に追い込んだんで、刑事に向いてるんじゃないかとうぬぼれかけてたんです」

「蓮見は、いい刑事になりつつあるよ。班長からの指示があるまで、宮内と待機しててくれ」

浅倉はいったん切り、立花のポリスモードの短縮番号を押した。胡と知佳の寝息が高い。

電話はワンコールで繋がった。

「浅倉君、大きな進展があったようだね？」

「ええ。一件落着です」

浅倉は乾にVサインを示しながら、経緯を報告しはじめた。

著者注・この作品はフィクションであり、登場する人物および団体名は、実在するものといっさい関係ありません。

本書は、『警視庁特務武装班』と題し、二〇一四年九月に徳間文庫から刊行された作品に、著者が大幅に加筆修正したものです。

一〇〇字書評

切り取り線

購買動機（新聞、雑誌名を記入するか、あるいは○をつけてください）	
□（　　　　　　　　　　）の広告を見て	
□（　　　　　　　　　　）の書評を見て	
□ 知人のすすめで	□ タイトルに惹かれて
□ カバーが良かったから	□ 内容が面白そうだから
□ 好きな作家だから	□ 好きな分野の本だから

・最近、最も感銘を受けた作品名をお書き下さい

・あなたのお好きな作家名をお書き下さい

・その他、ご要望がありましたらお書き下さい

住所	〒				
氏名		職業		年齢	
Eメール	※携帯には配信できません	新刊情報等のメール配信を 希望する・しない			

この本の感想を、編集部までお寄せいただけたらありがたく存じます。今後の企画の参考にさせていただきます。Eメールでも結構です。

いただいた「一〇〇字書評」は、新聞・雑誌等に紹介させていただくことがあります。その場合はお礼として特製図書カードを差し上げます。

前ページの原稿用紙に書評をお書きの上、切り取り、左記までお送り下さい。宛先の住所は不要です。

なお、ご記入いただいたお名前、ご住所等は、書評紹介の事前了解、謝礼のお届けのためだけに利用し、そのほかの目的のために利用することはありません。

〒一〇一－八七〇一
祥伝社文庫編集長　坂口芳和
電話　〇三（三二六五）二〇八〇

祥伝社ホームページの「ブックレビュー」からも、書き込めます。

www.shodensha.co.jp/bookreview

祥伝社文庫

警視庁武装捜査班

令和2年11月20日　初版第1刷発行

著者　南　英男

発行者　辻　浩明

発行所　祥伝社

東京都千代田区神田神保町3-3
〒101-8701
電話　03（3265）2081（販売部）
電話　03（3265）2080（編集部）
電話　03（3265）3622（業務部）
www.shodensha.co.jp

印刷所　堀内印刷
製本所　ナショナル製本
カバーフォーマットデザイン　芥　陽子

Printed in Japan ©2020, Hideo Minami ISBN978-4-396-34687-4 C0193

祥伝社文庫の好評既刊

南 英男 **刑事稼業 包囲網**

捜査一課、生活安全課……警視庁の各課の刑事たちが、靴底をすり減らしながら、とことん犯人を追う!

南 英男 **警視庁潜行捜査班 シャドー**

「監察官殺し」の捜査は迷宮入りの様相……。捜査一課特命捜査対策室の秘密別働隊〝シャドー〟が投入された!

南 英男 **刑事稼業 強行逮捕**

捜査一課、組対第二課――刑事たちが足を棒にする捜査の先に辿りつく真実とは! 熱血の警察小説集。

南 英男 **警視庁潜行捜査班シャドー 抹殺者(まっさつしゃ)**

美人検事殺しを告白し、新たな殺しを宣言した〝抹殺屋〟。その狙いと検事殺しの真相は? 〝シャドー〟が追う!

南 英男 **刑事稼業 弔(とむら)い捜査**

組対の矢吹が、捜査一課の加門の目の前で射殺された。加門は事件の真相究明のため、更なる捜査に突き進む。

南 英男 **殺し屋刑事(デカ)**

悪徳刑事・百面鬼竜一(どうめきりゅういち)の〝一夜の天使〟が拉致された! 非道な暗殺指令を出す、憎き黒幕の正体とは?

祥伝社文庫の好評既刊

南 英男　暴露　遊撃警視

美人TV局員の失踪で浮かび上がる炎上ポルノ、暴力、ドラッグ……行方不明と殺しは連鎖化するのか？

南 英男　異常犯　強請屋稼業

悪党め！　全員、地獄送りだ！　一匹狼の探偵が怒りとともに立ち上がる！　甘く鮮烈でハードな犯罪サスペンス！

南 英男　奈落　強請屋稼業

違法カジノと四十数社の談合疑惑。悪逆非道な奴らからむしり取れ！　一匹狼の探偵が大金の臭いを嗅ぎつけた！

南 英男　挑発　強請屋稼業

一匹狼の探偵が食らいつくエステ業界の華やかな闇――美しき女社長は甘くて怖い毒を持つ⁉

南 英男　暴虐　強請屋稼業

東京湾上の華やかな披露宴で大爆発！　連続テロの影に何が？　一匹狼の探偵が最強最厄の巨大組織に立ち向かう！

南 英男　悪謀　強請屋稼業

殺人凶器はインディアン・トマホーク。容疑者は悪徳刑事…一匹狼探偵の相棒が断崖絶壁に追い詰められた！